ベリーズ文庫

獣人皇帝は男装令嬢を溺愛する
ただの従者のはずですが！

友野紅子

STARTS
スターツ出版株式会社

目次

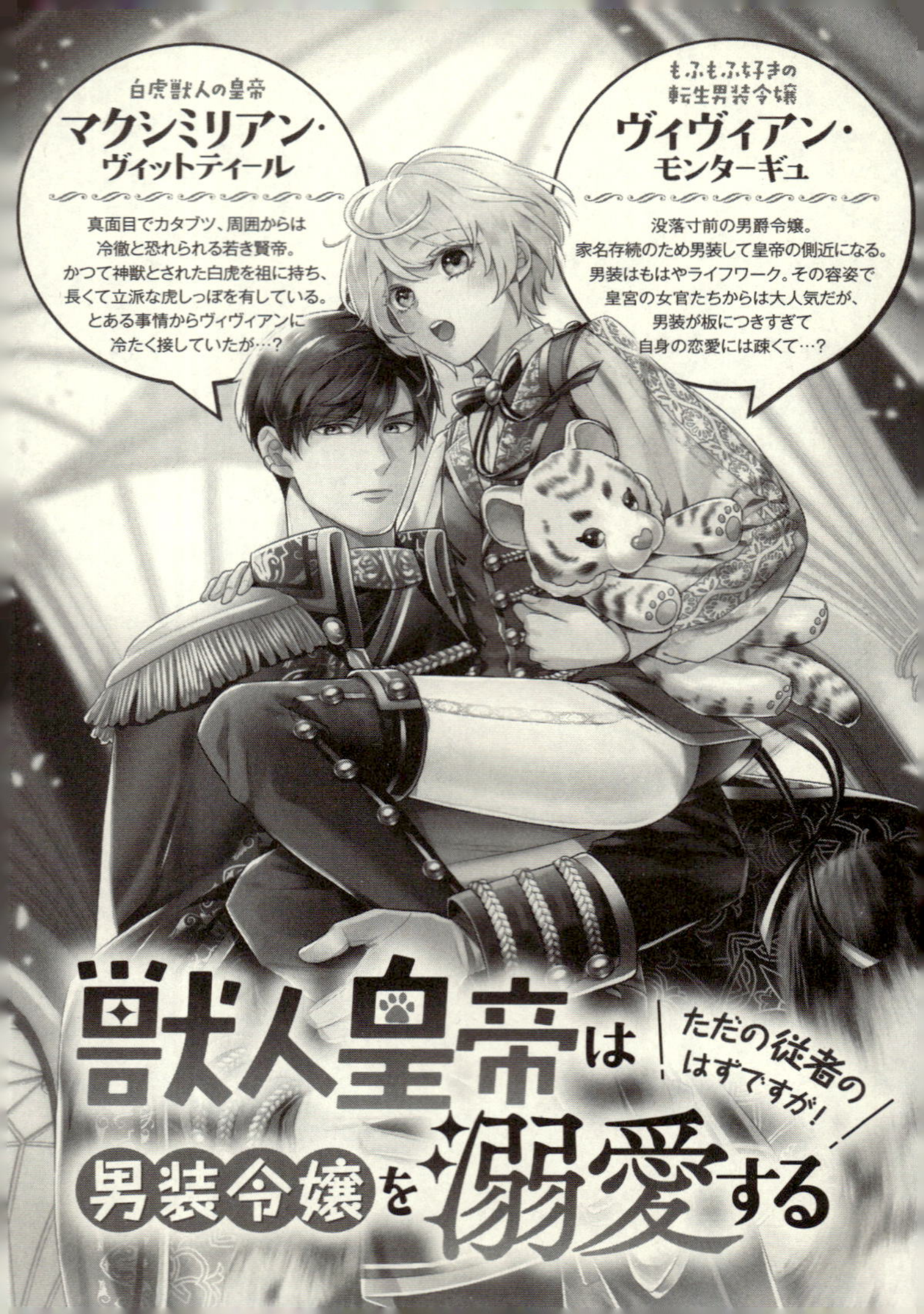
白虎獣人の皇帝
マクシミリアン・ヴィットティール
真面目でカタブツ、周囲からは冷徹と恐れられる若き賢帝。かつて神獣とされた白虎を祖に持ち、長くて立派な虎しっぽを有している。とある事情からヴィヴィアンに冷たく接していたが…？
もふもふ好きの転生男装令嬢
ヴィヴィアン・モンターギュ
没落寸前の男爵令嬢。家名存続のため男装して皇帝の側近になる。男装はもはやライフワーク。その容姿で皇宮の女官たちからは大人気だが、男装が板につきすぎて自身の恋愛には疎くて…？
獣人皇帝は男装令嬢を溺愛する
ただの従者のはずですが！

CHARACTER

人族の隣国国王

ガブリエル・アンジュバーン

アンジュバーン王国の豪傑な国王。
ヴィットティール帝国とは長らく外交が
途絶えていたがマクシミリアンとは
古くからの友人。快活で女好きだが
隙のない切れ者。

10歳の皇弟殿下

ハミル・ヴィットティール

マクシミリアンの皇弟。天真爛漫で無邪気、
兄のことを心から信頼し慕っている。
ヴィヴィアンのことも大好き。
あどけない仕草で周囲を
メロメロにしてしまう。

モンターギュ家長女

マリエーヌ・モンターギュ

ヴィヴィアンの姉。
商売人としての才があり、
その辣腕ぶりは男顔負け。

ヴィットティール帝国とは？

別名“白虎獣人の国”。
国民は神獣・白虎を祖に持つが、年々獣の血は薄れ、
現在は皇族と高位貴族に耳や尻尾が残っている程度。
獣の特徴が薄れることは「国力の低下」とされている。
また、女性が家督を継げない厳しい法律も。

獣人皇帝は男装令嬢を溺愛する
ただの従者のはずですが！

冷徹な獣人皇帝の秘密

　劇団創設から百年目、記念公演の幕が下りた。

一瞬の静寂がホールを包み、直後、割れんばかりの拍手が劇場の空気を揺らす。

私はアンコールの声を受け、十キロを悠に超す羽を背負い、舞台袖から再び中央に進み出る。

鳴りやまぬ拍手喝采を全身に浴び、心と体は宙に浮き上がりそうなくらい軽い。

舞台が私の居場所、そして〝男役〟が私の天職なのだ——。私はこの瞬間の歓喜を噛《か》みしめながら、二千人を超す観客に向かって高らかに両手を上げて応えた。

次の瞬間、パッと景色が切り替わる。

私は居間のソファで、毛足の長いモコモコの猫を抱きしめていた。

「ただいま、マック！　いい子にしてた？」

私がやわらかな毛並みの背中に手のひらを往復させながら問えば、飼い猫のマックは甘えるように私の首もとにスリスリと鼻先を寄せた。

「ふふっ。ふわふわの触り心地は舞台衣装の羽みたいだけど、お前は空気みたいに軽いなあ！」

「ふみゃー（♪）」

マックを胸に抱きしめていると、心と体にエネルギーが充填されていく。

演技中は心と体が心地よい緊張感に包まれていて、疲れなど感じる隙もなく公演を全速力で駆け抜ける。けれど、一日中ピンと気が張り詰めたままでは、いつか糸は切れてしまう。

だから心の切り替えは舞台人にとって必須のスキルと言えた。そして、私の張り詰めた心を解きほぐし、癒しを与えてくれるのがこのモフモフの愛猫《あいびょう》というわけだ。

もともと、モフモフの小動物やモコモコでやわらかい物が大好きだったのだが、親戚宅でうっすら虎模様が入ったモコフワの赤ちゃん猫を見た瞬間、全身にビリリと痺《しび》れる電流が走り抜けた。手のひらサイズながら体と同じくらい体積がある太くて立派な尻尾（超絶かわいい虎柄入り）に目が釘付《くぎづ》けになり、ちょうど里親を募っていたためその場で即決して我が家にお持ち帰りした。

「くぅ～っ、なんってモフモフでイケメンなんだ！　ひと目惚《ぼ》れした尻尾も、今じゃタヌキの尻尾かってくらいのぶっとさのモフモフで……はわぁぁ～、こりゃたまらん」

「ふしゃっ（怒）」

尻尾を撫《な》でられてちょっと不満げなマックをモフりつつ、棚からブラシを取り上げる。マックはブラシを視界の端に捉えた瞬間、不満顔から一転し、瞳をキランッと輝かせた。

マックはブラッシングされるのが大好きなのだ。ところが、私以外の人がブラシをあてようとすると暴れて嫌がる。

どうやらマックがブラッシングを許すのは私だけらしい。飼い主として密かに嬉《うれ》しかったりする。

首の後ろにブラシをあて、毛の流れに沿って梳《と》かしてやると、マックは目をとろんと蕩《とろ》けさせ甘えた鳴き声をあげる。

「ふみゃ～～（もっと～♪）」

夢心地に浸り切った顔をして、「もっと～」とねだるようにスリスリと体をすり寄せてくるマックは猛烈にかわいくて、私を虜《とりこ》にする。

……くぅ～っ！　モフモフ、超最高ーっ！

心のままモフモフを堪能しながら、愛猫との蜜月ライフに蕩けた――。

◇◇◇

朝の身支度を済ませ、身だしなみの確認に立っていた姿見の前で、ふと我に返る。

残念ながら私の手の中にモフモフのマックはおらず、手のひらは虚《むな》しく空気を揉《も》んでいた。

……そりゃ、そうだ。マックは前世の飼い猫だもんね。

それにしたって、あのモフモフ虎柄尻尾、懐かしいなぁ。意識を今へ戻した私は、空っぽの手のひらを握りしめ、愛猫のモフモフ質感を懐古した。

そうして視線を前に移すと、姿見の中の少年と目が合った。

ヴィヴィアン・モンターギュ、今世の私だ。

前世の日本で、演者が女性だけという珍しい劇団に所属し、男役スターをしていた記憶を持つ転生者でもある。

かつての私は、〝男役〟を天職だと思っていた。ところが『ヴィットティール帝国』に転生を果たした今、〝男役〟は職業どころの話ではなくなって久しい。

「……これはもう、ライフワーク？」

姿見の中の少年がさくらんぼの色をした唇を薄く開き、コテンと小首を傾《かし》げる。

少年は、金糸を紡いだような艶やかな金髪に秀でた額、スッと通った鼻筋に凪《な》いだ湖面と同じ澄みきったブルーの瞳をしている。十人に聞けば十人が口を揃《そろ》えて「超イケメン！」と叫ぶ白皙《はくせき》の美少年だ。

三百六十度どこから見ても隙のない美しすぎる造作に加え、前世の〝男役〟で培ったある種独特なキラキラ王子様オーラを放つ。ついでに生まれ持った物腰やわらかで大らかな気質も加わって、弱小貴族ながらこの界隈では向かうところ敵なし。耳と尻尾付きの青年たちを差し置いて女性からの結婚依頼が殺到し、十五歳にしてご近所の皆さんから「女性キラー」という異名で囁《ささや》かれていたりする。

これが現在の私だ。

誤解がないようにひとつ注釈を入れると、私は深ーい理由があって十五年間男として生きてきて、戸籍上の性も男になっている。けれど、生物学上は女だ。

「……いや、ライフワークというのも違う気がするな。これはもう、男以外の何者でもないだろう！」

先の呟《つぶや》きに自らツッコミと修正を入れ、アッハッハッと高笑いする私の姿はやはり、どこからどう見ても男の子で間違いなかった。

「ぬぉおお～っっ‼」

うんっ⁉

「おいたわしやぁ〜。ぬあぁぁ〜っ‼　おいたわしやぁあ〜っ」

　背後から突如ヌッと湧いて出て、呪いか⁉と一瞬怯《ひる》むほどの嘆きをこぼすのは、私の乳母で今も侍女頭として仕えてくれている婆やだ。

「こらこら、婆や。僕のためにその瞳を涙で濡らさないでおくれ。なにより僕は、男として生きることを嘆いてはいない。さぁ、婆や。君に涙は似合わない、いつものように笑顔を見せておくれ」

　少々煩わしい彼女の嘆き節だが、経験上私の流し目と囁きで止まることを知っている。

「ぬぉおおお〜っっ、ヴィヴィアン様！　婆やはあなた様が女姿だろうが男姿だろうが、生涯お仕えさせていただくことに変わりございませんからねぇ！」

　案の定、婆やは頬をポッと朱色に染めると、皺《しわ》が深く刻まれた顔にニッカリと満面の笑みを浮かべる。私を見つめる彼女の目は、キラキラの乙女のそれだ。

　婆やの笑みに、前世の日本で私のファンだった女性たちの笑顔が重なった。ファンの年齢層は幅広かったが、皆、婆やと同じように頬を染め、キラキラとした目をしていたっけなぁ。

「フッ。婆や、いい笑顔だ。やはり君には笑顔が似合う」

「ぬあぁあぁあああ〜、ヴィヴィアン様〜っ！　私はどこまでも、あなた様に付いてまいりますからね！　間違っても私に代わって他の侍女を重用したりしては、嫌でございますよ⁉」

私への独占欲と嫉妬心を滲《にじ》ませて唇を尖《とが》らせる婆やの姿を前にして、愛《いと》しい思いが湧き上がる。

「もちろんだよ、婆や。僕の乳母で今は侍女頭として屋敷の一切合切を取り仕切ってくれている君以上に、頼れる者などいるはずもない。これからも頼りにしているよ」

婆やの顔がボンッと、茹蛸《ゆでだこ》のように真っ赤に染まる。

……ふふっ、なんてかわいいんだ。

老いも若きもない、やはり女性は皆かわいいな。私は真っ赤な婆やの頬をツンツンとつつきながら微笑《ほほえ》んだ。

その時、婆やが閉め忘れていた扉の向こうから、射殺しそうな鋭い眼光が私を射貫《いぬ》く。

これはっ‼

「お母様、あのヴィヴィアンをマクシミリアン皇帝陛下の近習《きんじゅう》として皇宮に向かわせるなど、正気ですの？」

私がビクンと肩を跳ねさせて振り返るのと同時、我がモンターギュ家の長女・マリエーヌ姉様の地を這《は》うような声音が鼓膜を震わせる。

こ、怖いっ！　私は思わず、ブルリと体を震わせた。

私は六人姉妹の末っ子で上に五人の姉様たちがいる。二番目から五番目までの姉様は既に他家に嫁いでいたが、彼女らは皆、私にとても優しかった。

しかし、いまだ生家にとどまる十歳上の長女マリエーヌ姉様だけはなぜか、昭和時代のスパルタ教師か⁉ってレベルで私に厳しいのだ。

「そうよねぇ～」

姉様に水を向けられた当人であるお母様が、おっとりと口を開く。恐れおののく私をよそに、お母様に怯んだ様子はまるでない。

「私もね、男と性別を偽ったまま陛下のおそばで身辺のお世話をするのはさすがにうまくないだろうと、近習となるこの機会に性別を改めることを提案したのよ。けれどあの子は、頑として首を縦に振らない。モンターギュ家のためにあの子がひとり負担を背負い込み、犠牲になる状況など、私とて到底容認できるものでは――」

「いいえ、お母様！　男装があの子にとって負担だというのはお母様の幻想ですし、この際どうでもよいのです！　そうではなく、私はあの天性の女ったらしを皇宮にやったらひと悶着《もんちゃく》もふた悶着も起きるのではないかと、そこを心配しているのですわ！」

お母様の言葉を、マリエーヌ姉様がピシャリと遮る。

お母様はよくわからないとでも言うように、コテンと小首を傾げた。

「ヴィヴィアン」

マリエーヌ姉様がキョトンとして固まるお母様から、室内の私にギンッと視線を向ける。

「ハ、ハイッ⁉」

「いいこと。くれぐれも、皇宮の女官たちを垂らし込まないこと！　女官たちがいらぬ諍《いさか》いを起こすことのないように注意するのよ。のべつ幕なしに、キラキラしい流し目やら囁きやらを振りまくのも論外ですからね。わかったわね⁉」

とんでもない言い草だ。それではまるで、私が歩く女ったらしのようだ。

とはいえ、姉様に反論などできようはずもない。私は右手を胸にあて、スッと腰を低くして言葉と態度で了承を示す。

「承知いたしました。マリエーヌ姉様の仰《おお》せの通りに」

「……はぁ〜、とんだ女泣かせもいたものだわ」

そんな私を姉様は白い目でジッと見つめたかと思えば、特大のため息と共に呟いた。

姉様のツレない理不尽な反応に、「素直に是と頷《うなず》いたのに、なんでだ!?」と内心で吼《ほ》えた。


各々の思惑にかかわらず、月日は巡る。

そして今日、私はついにヴィットティール帝国皇帝マクシミリアン様の近習として皇宮に上がる。

「お母様、マリエーヌ姉様、いってまいります」

屋敷の前で見送りに立つふたりに礼を取り、別れの言葉を告げる。

すると、いつでもニコニコと微笑みを絶やさぬお母様が、引きしまった表情で私の前に進み出た。

「ヴィヴィアン、私はあなたの犠牲を望みません。無理だと思ったらいつでも帰っていらっしゃい」

かけられたお母様の声はいつもとは違う強さを宿し、視界に映る私と同色の瞳は凛《りん》と冴《さ》え渡っていた。

初めて目にするお母様の姿に、私は微《かす》かな驚きと共に見入った。

「私はかつて、病床のお父様を失意のまま逝《い》かせることがどうしてもできず、大きな過ちを犯しました。あれから十五年が経《た》ち、私はあなたの犠牲で成り立つ当家の存続を望みません。本来の性別を取り戻すことで、モンターギュ家が後継ぎ不在となり断絶しようとも、あなたが幸せでいることが本望です。だから私のかわいいヴィヴィアン、無理だけはせず、いつでも戻っていらっしゃい」

「お母様……」

もしかするとお母様は、皇宮から近習の打診を受けた時、既に私の秘密をつまびらかにする覚悟を決めていたのかもしれない。

「お母様の意図するところとは違うけれど、『いつでも戻っていらっしゃい』という台詞《せりふ》には私も賛成よ。問題を起こすくらいなら、いつでも帰ってきなさい」

「マリエーヌ姉様……」

ヴィットティール帝国の現在の法律では、女は家名を継承できない。このため、お母様は六回目の出産で病床のお父様に事実が伝えられず、生まれた私の性別を男と偽ったのだ。

「ふふっ。男爵なんて下級貴族の名は、あってもなくてもそう変わらないわ。そもそも、あなたの出生時に女児と届け出ていたら、先だって亡くなった賭博狂いの叔父様が当主になって家はとっくに破産していた。今さら取り潰しなんて恐れることもないわ。今なら、私の稼ぎでお母様とあなたのふたりくらいいくらでも養ってあげられるしね」

姉様はヒョイと肩を竦《すく》め、サラリと続けてみせた。

他国では女王を戴く国もあるというのに、いまだ我が国においては「幼少時は父兄に、結婚したら夫に、夫の死後は長男に従う」という前時代的な考えが根強い。だから姉様の『私の稼ぎ』という台詞は、実は外で安易に呟こうものなら、天地がひっくり返るくらい驚かれるのだ。そしてこれこそが、私が姉様に頭が上がらない理由でもある。

事業経営の分野で天賦の才を持ち、女の細腕一本でこの男社会で巨額の富を築いた姉様は、いわばバケモノ。端《はな》から敵《かな》うはずもないのだ。

ちなみに姉様が展開する事業は、前世の日本でいうところの物流配送センターみたいなものだ。これまで各商店が高い輸送料を自店で負担して細々と商品を買い揃えていたのを、姉様は近隣商店の発注商品を大型馬車で一括配送するという画期的なビジネスモデルを築き上げた。

蛇足だが、女の姉様が外向きの仕事をするにあたって名前を借りているのは、婆やの旦那さんだ。やり手実業家と国内外に名をとどろかせる彼の実体は、我が家の庭いじりを仕事兼趣味にする気のいいお爺さんだ。

「……ねぇ、ヴィヴィアン？　あなた今、なにか失礼なことを考えなかった？」

ギクッ‼

「さ、さぁ？　なんのことでしょう。母様、マリエーヌ姉様、忠言痛み入ります。ですがご心配には及びません。なにより僕は、マクシミリアン様にお仕えできることが楽しみでならないのです。我がモンターギュ家の名に泥を塗ることのないよう、立派にマクシミリアン様の近習を務めあげてみせます」

バケモノだなんて口が裂けても言えるわけもなく、しれっと笑顔で受け流し、流暢に告げる。ふたりは驚いた目で私を見つめていたが、これこそ無理も気負いもない私の本心だった。

国内外から冷徹と恐れられるマクシミリアン様に仕えることに不安はあるけれど、それ以上に私はワクワクしていた。なにより、マクシミリアン様のモフモフの尻尾を実際にこの目で見てみたい思いもあった。

私の暮らすヴィットティール帝国は、近隣諸国からは「白虎《びゃっこ》獣人《じゅうじん》の国」という別名で呼ばれている。その名の通り、白虎獣人が住まう国だ。ちなみに白虎は単に白い虎の意ではなく、神獣の白虎を指している。ヴィットティール帝国民の祖は、神獣・白虎なのだ。

悠《はる》か遠い時代、国民は皆、獣型の顔面を持っていた。しかし時代と共に血は薄くなり、段々と獣型の顔面を持つ者は減った。

獣の血は強さの象徴とされ、古くから「獣の血が薄まること＝国力低下」と考えられていた。だから皇帝一族は必死に血を濃く保とうとしてきたが、千年前に獣型の顔面を持つ最後の皇帝が死去。以降は、皇帝一族も虎耳と尻尾が付いた人間の姿になっている。

現在のヴィットティール帝国民は、高位貴族らを中心に虎耳と尻尾が付いた人間がおよそ一割、残る九割は虎耳と尻尾を持たない普通の人間。その上、一割の人々が有するそれも年々退化し、虎耳はちまっと、尻尾もひょろっと、あるんだかないんだかわからないくらいにすっかり存在感が薄くなってしまっている。

代々皇帝一族に仕える近習を輩出してきた我がモンターギュ家も例に漏れず、数百年前に虎耳と尻尾を持った最後の当主を亡くして以来、虎耳と尻尾を持つ子は生まれていない。今となっては、虎耳と尻尾の特徴すら風前の灯火《ともしび》となっているのだ。

そんな中で在位五年目、御年二十五歳のマクシミリアン様は、真っ白なぶっといモコモコにクッキリ縞模様が入ったそれはそれは立派な尻尾をたなびかせていた。彼は常にターバンで頭部を覆っているゆえ耳のことはわからないが、あのモッフモフの尻尾を想像しただけで心が浮き立つ。

もちろん私は転生後の今だって、前世に負けないくらいモフモフが大好きだ。だけど悲しいかな、国民自身が獣の血を引いているためか、この国には小動物を愛《め》でたりペットを飼ったりという概念がそもそもない。

だから必然的に、身近なモフモフといえば同族の耳やら尻尾やらとなるわけだ。

……むふふっ。マクシミリアン様の尻尾、間近で見たいなぁ。あわよくば、ちょこっと触れちゃったりしないかな⁉　……いやいや、さすがにそれは無理か。

でもいいや、見るだけでも目の保養……。と、こんな具合に私は近習の打診が来てからずーっと、彼の虎柄の尻尾を想像しては、寝ても覚めてもワクワクしていたのだ。

「ぬぉおお〜っ、おいたわしやぁ〜。ぬあぁぁ〜っ、寂しやぁ〜っ」

沈黙を割ったのは、背後からあがった婆やの呪い……ではなく、婆やの嘆き節。しばらくこれが聞けなくなると思うと、不覚にも寂しさを感じた。

とはいえ、しんみりとした別れはしたくない。私はあえて軽い調子で、トンッと婆やの肩を叩いた。

「こらこら、婆や。そう嘆くことはない。来月の休みには帰ってくる。どうか僕の留守中、母様と姉様のことを頼んだよ」

「えぇえぇ！　奥様とマリエーヌお嬢様、そしてお屋敷のことはこの婆やに、ドーンとお任せくださいませ！　マクシミリアン皇帝陛下は賢帝と称《たた》えられる一方で、冷徹なお方とも言われております。実体はわかりませんが、ヴィヴィアン様はご自身のお勤めのことだけ考えてくださいませ！」

婆やはスンッとひとつ洟《はな》を啜《すす》ると、言葉通りドンッと胸を叩《たた》いてみせた。だけどその目には涙の膜が浮かんでいたし、握った拳も小刻みに震えていた。

赤ん坊の時からずっと成長を見守ってくれた彼女が、どんなに私のことを思い、心を砕いてくれているか、改めて身に沁みる。

婆やの精一杯のエールが心強く、そして嬉しかった。

「ヴィヴィアン、あなたの決意はよくわかりました。そこまで意志が固まっているのなら、もう私から言うことはないわね。頑張って、私の愛しい子」

「もしなにか困ったことや入り用な物があったら、事業所を訪ねなさい。スタッフには言っておく。できる限り、力になるわ」

「ありがとうございます、お母様、お姉様！　いってまいります‼」

お母様とお姉様、婆やの見送りを背に、モンターギュの屋敷を後にした。

＊＊＊

朝議を終えて政務室に戻ると、初老の侍従長・カロスが俺を待っていた。

「カロスか、どうした？　其方《そち》が直々にやって来るとは珍しいな」

「先ほどモンターギュ家より近習候補の少年が到着いたしましたので、そのご報告にまいりました。既に謁見の間に待機させております」

「そうか、今日からジェフリーの息子が赴任する予定だったな」

「はい。ジェフリーの面影こそありませんが、ハキハキと感じのよい少年でございます」

カロスは目尻に小さく皺を寄せ、少年について続ける。

モンターギュ男爵家は貴族位としては下位にあたるが、建国から続く由緒ある地方領主で、かつ皇帝の近習を代々輩出している名門だ。早世した先代当主のジェフリーは俺の父の有能な近習で、幼い俺も彼には随分と世話になった。

そしてジェフリーと特段親しかったカロスは、その息子の近習就任に感慨もひとしおのようだった。

「すぐに向かおう」

俺は朝議の資料を政務机に放ると、カロスを伴って謁見の間に足を向けた。

重厚な両開きの扉の前に控えた近衛兵は、俺の到着にピッタリとタイミングを合わせ、機敏かつ優美な所作で左右から扉を引き開ける。

俺が銀糸で繊細な蔦《つた》模様が総刺繍された純白のマントをはためかせながら足を踏み入れた瞬間、壁寄りに控える皇宮侍従や女官らの背筋がミリ単位でピンと伸び、その口もとが引きしまる。

緊張感を孕《はら》んで静まり返った室内に、俺の靴音だけが響き渡る。大股で緋色《ひいろ》の絨《じゅう》毯《たん》の上を進み、一段高い台座に設《しつら》えられた玉座に腰を下ろす。革張りの座面は、極上のクッション性でふわりと包み込むように体重を受け止めた。豪奢《ごうしゃ》な見た目を裏切らぬ座り心地に、献上した職人の意地とプライドを感じた。

撓《たわ》んだマントをバサリと払って裾を捌《さば》くと、長い尻尾の先端をその上に落とす。右の肘掛けに肘を突き、わずかに体重を預けて緩く足を組む。そうして玉座でひと心地ついたところで、台座の下で低頭してお声がかりを待つ少年へと目線を向けた。

俺の位置からその表情は窺《うかが》えず、金色の頭頂と細身のシルエットが確認できるのみ。しかし少年には、いるだけでそれとわかる独特な気品と華があった。

「其方が俺の近習として仕えるモンターギュ家の嫡子か。言葉を許す、面を上げよ」

俺が許しを与えると、少年は臆することなく顔を上げる。

「ヴィヴィアン・モンターギュと申します。陛下の近習として、誠心誠意お仕えさせていただきます。どうぞよろしくお願いいたします」

ヴィヴィアンと名乗った少年は真っ直ぐに俺を見つめて挨拶を述べ、流れるように腰を折って優美に礼を取る。彼の動きに伴って、月光を紡いだような艶めく金の髪が空気を孕んで揺れる。

皇帝として多くの者と対峙してきた俺の目にも、目の前の少年は眩《まぶ》しいくらいに美しかった。その上、他の少年たちにはないある種独特な妖艶さを放っていた。元来の中世的な美貌も相まって、まるで俗世から切り離された精霊のよう。

俺は美しすぎる少年を前にして、自分の選択が誤っていたことを悟った。同時に、ジェフリーの息子という事実に慢心して事前調査もそこそこに召し上げたことを後悔していた。

一見すれば華やかな皇宮の実態は、あらゆる思惑が交錯する欲望の坩堝《るつぼ》と言っても過言ではない。ヴィヴィアンがこうも危うい魅力を放つ白皙の美少年と知っていれば、近習の打診などしなかっただろう。

かく言う俺ですら、彼を前にすると胸に不可思議な騒《ざわ》めきを覚えるくらいだ。本人の思惑によらず、彼の魅力は皇宮に色恋沙汰のトラブルを巻き起こす火種となり得る。

そんな事態が今から目に浮かぶようで、自ずと眉間に皺が寄る。彼を見つめる眼差《まなざ》しも、知らず険を帯びた。

俺は鈍く痛むこめかみに手を添えて、憚《はばか》らず特大のため息をついた。

……勘弁してくれ。

俺はただでさえ身の内に特大の弱点を抱えているんだ。正直、これ以上の面倒事は御免だ。

「ヴィヴィアンと言ったな、俺の邪魔だけはするな。問題を起こすようなら即解雇する。肝に銘じておけ。代わりはいくらでもいる。辞めたくなったらいつでも辞めろ」

俺はぞんざいに言い放つと席を立ち、ヴィヴィアンに背中を向けた。

＊＊＊

初見の挨拶の場で厳しい台詞を言い残して去っていくマクシミリアン様の後ろ姿を

眺めながら、私は放心状態で立ち尽くす。

……嘘《うそ》でしょう？　なに、今の⁉

同室に控える女官や侍従も、扉の前に立つ近衛兵も、戸惑った様子で私とマクシミリアン様の背中をチラチラと交互に見つめていた。

バクバクと煩《うるさ》いくらいに心臓が鳴っていた。ゴクリと唾を飲み込んで、おもむろに右手の甲を目の前にかざす。

そうして私はやわらかな毛の感触が残る手の甲を注視して、心の中で叫んだ。

……信じられない‼　あんな夢のようなモフモフが、現実にあっていいの⁉

実はマクシミリアン様の去り際、踵《きびす》を返す動きに呼応して豪華なマントが翻《ひるがえ》った。さらにマントと一緒に彼の尻尾も大きくうねり、私の右手の甲をフワッと掠《かす》めていったのだ。

ほんの一瞬、毛先が指の付け根のあたりをなぞっただけ。だけどそのわずかな接触は、私の手にマックの毛並みも超越するこの世ならざる極上質感を伝え、心を鷲掴《わしづか》みにした。

すごいっ！　マクシミリアン様の尻尾、なんて、なんて極上のモフモフなの‼

まるでそれ自体が光を放つかのような純白に白銀の虎模様がクッキリと刻まれた

ぶっとい尻尾は、長いモフモフの毛が高密度で生え揃い、とんでもなくモッコモコ！

……また、触りたい。私、ものすごくあの尻尾を触りたいっ！

極上のモコフワ尻尾をにぎにぎ、モフモフ、モフり倒したい欲求で心と体が疼《うず》く。

鼓動は胸を突き破りそうな勢いで鳴り響き、沸騰するように全身の体温が上がった。

その時、ふいに『陛下に頼まれて、お父様が尻尾をブラッシングさせていただいたんですって。お父様はよほど陛下に信頼されているのね』と、母がかつて語っていたこんな台詞が脳裏をよぎった。

……そうか！　マクシミリアン様の信頼を得れば、そんなチャンスも巡ってくるのか！

ならば私も精一杯お仕えして、マクシミリアン様が信頼するに足る存在になれるように頑張るんだ。そうして一目も二目も置かれる近習となり、尻尾のブラッシングを頼まれるようになってみせよう——‼

いまだモコフワの感触が残る拳をギュッと握り込むと、内心で決意を吼えた。

え？　下心がムンムン滲んでいるぞって？

ふっ、ふっ、ふっ！　……あの極上モコフワ尻尾がモフれるなら、私は悪魔にだって魂を投げ売りできるのだ！

極上モフモフに再び触れる未来を想像すれば、俄然《がぜん》胸がときめいた。

「失礼。ヴィヴィアン、少しよろしいですか」

室内の沈黙と私の妄想を割ったのは、入城してはじめに目通りした侍従長のカロスさんだった。この方は陛下の皇宮生活全般を支え、皇宮の全使用人を束ねる総責任者だ。

「はい。なんでしょう」

高位貴族出身のカロスさんは、陛下ほどではないがまずまず立派な尻尾と虎耳を持っていた。私に歩み寄る動きに合わせて、尻尾がふわりふわりと揺れる。

それを見ると、自ずと頬が緩んだ。

「陛下は我ら宮仕えに対し理不尽な要求をしたり、無理難題を押し付けたりするようなことはしません。しかしそのお立場とお考えから、先ほどのような厳しい言葉や態度を取ることも往々にある。もしそれを苦痛と感じ、勤めの辞退を望むなら、帰りの馬車を手配しましょう。あなたはまだ正式な雇用契約を取り交わしてはいませんので、遠慮は不要です」

「辞退だなんてとんでもない！」

カロスさんのまさかの申し出に、弾《はじ》かれたように首を横に振った。

「僕はどこまでも、マクシミリアン陛下に付いていく所存です！　ですから、間違っても僕に代わって他の近習を重用したりしては嫌です！」

必死に口にしながら、自分自身の台詞にどことなく既視感が浮かぶ。つい最近これとよく似た台詞を聞いたような気がしたが、思い出すには至らなかった。

カロスさんは私の言葉に目を瞠《みは》る。チラチラとこちらを気にしていた女官や近衛兵らも、揃って目を丸くしていた。

「ははは っ！　これは驚いた。吹けば飛んでしまいそうな華奢《きゃしゃ》でなよなよしい見た目に反し、存外に図太い！」

うん？　これは、褒められているのか？　……いや、普通に考えれば「なよなよしい」も「図太い」も褒め言葉ではないが。

突然砕けた笑みを浮かべ、ざっくばらんに私を評すカロスさんに、思わず首を捻《ひね》った。

「えぇっと……」

「いやいや。白状すると私も陛下と同様、あなたについては少々心配していたんだ。だが、なかなかどうして。意外とあなたのようなタイプが、あの方の近習には向いているのかもしれない」

カロスさんの抽象的な物言いは、正直よくわからなかった。

「ついて来なさい、あなたがやるべき仕事を説明します。ただし、二度は説明しませんから、そのつもりで」

「は、はい！」

なぜか私は侍従長から直々に仕事を教わることになっていた。

「——朝はこうして、昼はああして、夜はこうですね。よし！　なんとか、明日からやっていけそうです」

帳面片手にカロスさんの説明に齧《かじ》り付き、なんとか仕事の流れをすべて頭に叩き込んだ。

「驚きました」

「え？」

「本当に一度で流れを覚えてしまったのですね」

私には、カロスさんの言葉の真意が飲み込めなかった。

「それは当たり前のことですよね？」

前世でも、言われたことは一度で覚え、すべて身にしてきた。演出家の先生も、振り付けの先生も、二度目なんて言ってくれない。もちろん、それは意地悪なんかじゃない。どの先生も穏やかな人格者で、聞けば教えてくれただろう。

しかし、私の周りにそんなことをする者はいなかった。なぜなら、言われたことを一度で覚えられない者が生き残っていけるような生温《なまぬる》い環境ではなかったからだ。

ずっと、そんな世界に身を置いてきた。そしてこれから私が立つのは、国の頂点に立つ皇帝陛下の隣だ。

「近習というのは、皇帝陛下の私生活を一番近くから支える要職です。僕はこれから身を引きしめて、マクシミリアン様のためにお仕えします」

私がしっかりと前を見据えて決意を告げると、カロスさんは見開いていた目をやわらかに細める。

「……ヴィヴィアン、仕事の手順は伝えた通りです。この上、私から言うべきことはなにもない。ここから先は、あなたなりのやり方で陛下を支えていってください」

「頑張ります！」

一拍の間を置いて告げられた台詞に、俄然やる気が漲《みなぎ》った。

「あなたの勤務開始は明日からです。この後は自室で荷ほどきや、仕事の準備にあてなさい」

「はい！　ありがとうございました！」

こうして皇宮到着初日は早々と自室に引き上げた。荷ほどきは、ふとした瞬間にマクシミリアン様のことが思い浮かび、ちっとも進まなかった。

マクシミリアン様の姿はこれまでにも絵姿や硬貨の彫刻などで幾度となく拝見してきた。けれど実際に対面すると、その存在感は段違いだった。

前皇帝陛下によく似た、粗削りだが彫りの深い整った美貌。瞳は太陽より眩しい金色で、ターバンの下から覗《のぞ》く頭髪は艶めく射干玉《ぬばたま》の黒。その表情は鋭利に研ぎ澄まされ、隙や甘さは一切ない。長身の体躯は着衣越しにも筋肉がしっかりと付き、鍛え上げられているのがわかった。とにかく彼の立ち姿は王者の風格に溢《あふ》れ、見る者を圧倒した。

だけど、それらを超えて私の目も心も一瞬で釘付けにしたのは、あの太くて長いモコモコの尻尾！

クッキリと虎模様の入ったあの尻尾、やわらかでモフモフで素敵だな～。いつかまた、触りたいなぁ～。

いやいや、いつの日か絶対にモフってモフってモフり倒してやるぞ！っと、こんな恐れ多い脳内妄想に明け暮れて、結局この日は荷物が片付かぬまま幕を閉じた。

翌朝。

――コンコンッ。

「おはようございます！」

マクシミリアン様の寝室の前でノックと共に声を張る。しばらく待つが、中から一向に返事はない。

廊下の置き時計は彼の起床時刻である午前六時を指している。

カロスさんから、「陛下はほとんどご自身で起きておられるが、一応、お目覚めの確認を」と言われていた。

……珍しく、まだ寝ている？　それとも、もう起きてどこかに行かれてしまったのかしら？

やや腰が引けつつ、カロスさんから預かっていた鍵を使って中に入らせてもらう。

「し、失礼しまーす！」

初めて足を踏み入れたマクシミリアン様の寝室は予想に反し、とても質素だった。広い室内に物はほとんどなく、チェストや寝台といった最低限の家具がひっそりと置かれているだけ。

その寝台にこんもりとした人型の膨らみを認め、マクシミリアン様の存在を確信する。

「おはようございます！　お目覚めの時間です、今日はとてもいいお天気ですよ！」

私はツカツカと室内を奥へと進みながら、いまだ夢の世界に浸るマクシミリアン様に向かって声を張った。すると、寝台上の膨らみが大仰なほどビクンと跳ね、掛布を頭までガバッと引き上げた。

え⁉ マクシミリアン様が掛布を引き上げる直前、艶やかな黒髪が視界を掠めた。だけど、見えたのは豊かな頭髪だけ。

……あれ？　今、マクシミリアン様の頭に虎耳ってあった？　一瞬、そんな疑問が脳裏をよぎった。しかしすぐに、髪と角度的なもので見えなかったのだろうと結論付けた。

そうして掛布を引き上げたきり、起き上がる気配のない彼に対し、再び起床を促す。

「マクシミリアン様、お目覚めの時間です！」

「聞こえている。すぐに支度する。お前は出ていけ」

そう言いながらも、マクシミリアン様は岩のように固まったまま、身じろぎひとつしない。その様子に、ピンとくる。

これは間違いなく二度寝をしてしまうパターンだ！

私は掛布に手を伸ばし、再三の起床を促した。

「起きていただくまで出ていくわけにはいきません。時刻は午前六時を回りました。起きてお支度をなさいませんと――」

「何度も言わすな。すぐに部屋から出ろ。これは命令だ」

厳しい声が空気を切り裂く。マクシミリアン様から湧き上がる怒りの波動が、ピリピリと痛いくらいに肌を刺す。

「っ‼ 申し訳ありません！」

私は謝罪を叫びながら、弾かれたように駆け出していた。

――バタンッ！

寝室の扉を閉めると、そのまま扉に背中を預け、小刻みに震える体を抱きしめる。

……起こし方が悪かった？ それとも、口の利き方が悪かった？

あんなに怒らせてしまうなんて、これからどうしたら……。

「おやヴィヴィアン、陛下はもう起きておられるのですか？」

扉にもたれかかって俯《うつむ》く私に、廊下の向こうからやって来たカロスさんが怪訝《けげん》そうに問いかけた。

心細い中にあって、目の前の彼の姿は救世主のように見えた。

「カ、カロスさん……っ」

今にも泣きだしそうな私に、カロスさんは眉間に皺を寄せた。

「なにかあったのですか？」

「実は、今しがた『出ていけ』と、マクシミリアン様に怒られてしまいました。どうやら僕は、それと気付かぬうちに逆鱗《げきりん》に触れてしまったようで……」

「そんなことですか」

私が苦しい胸の内を吐露すれば、カロスさんはにべもなく言い放つ。

「陛下の言葉通り部屋の外でお出ましを待てばいいだけの話ではありませんか？『近習を辞めろ』と言われたわけではないのですから」

「……え」

慰めが欲しかったわけではないが、取り付く島もないカロスさんの言葉に、突き放されてしまったような心細さを覚えた。

「私は既に、陛下のあたりがキツいことを伝えてあったはずです。その上で、あなたは陛下のためにお仕えすると誓ったのではありませんか。あの言葉は口からでまかせだったのですか？」

続いて語られた言葉に、スゥッと血の気が引き青くなった。

「でまかせなどではありません！」

拳を握り、唇をキュッと引き結んで、甘ったれた自分自身を叱咤《しった》した。

私はなにを勘違いしていたんだろう。

マクシミリアン様の尻尾への邪《よこしま》な思いとは別に、近習としての職務は責任感を持って実直に励む心構えでいた。少なくとも、そのつもりだった。

だけど、もしかすると深層に甘えがあったのだろうか。あわよくば優しい言葉をかけてもらって、遇してもらうのを期待していた……？　だとすれば大きな間違いで、それではマクシミリアン様を支えるどころか私の存在がお荷物になってしまう。近習はお客様ではないのだから！

近習とは、一国をその肩に背負って立つ皇帝陛下が心身健やかに過ごせるよう、一番近くで身の回りを整えるいわば女房役。陛下の気分が荒《すさ》んだ時、落ち込んだ時、激昂《げっこう》が収まらぬ時など、どんな時でもフラットな態度で接するのが大前提だ。

「すみません。どうやら僕は少し勘違いをしていたようです。目が覚めました！」

「そうですか。昨日伝えた通り、陛下の朝食は六時十五分に食堂に用意されますので」

カロスさんはフッと表情を緩めると事務的に告げて踵を返した。

「はい！」

私はカロスさんの背中を見送りながら、ふいに彼が廊下を折り返してそのままやって来た方向に帰っていくことに気付く。

あれ？　マクシミリアン様になにか伝達事項があったというわけでもなさそうだし、去り際に伝えられた朝食についても昨日聞かされていた内容だ。

……もしかするとカロスさんは、私の様子を見に来てくれたのかもしれない。思い至れば、しっかりしなくちゃとやる気と気概が漲った。

私は居ずまいを正すと、気を引きしめ直して扉の横に控えた。

――ギィイイイ。

いくらもせず、扉が内から開かれた。

現れたマクシミリアン様は午前の謁見に備え、カッチリとした詰襟の正装に身を包んでいた。その頭部には、今日もしっかりとターバンが巻かれている。

威風堂々とした立ち姿に、意図せず鼓動が跳ねた。

「マクシミリアン様。食堂までお供させていただきます！」

「…………」

扉の横からひょっこりと顔を出した私を、マクシミリアン様は少し驚いた目で見つめていた。

「さぁ、まいりましょう。まだスープも温かいはずです。スープは温かい方が断然美味しいですから」

廊下の置き時計は、六時十五分を少し過ぎたところ。私はわざと軽い調子でスープを話題にあげて微笑んだ。

私は廊下でマクシミリアン様を待ちながら決めたのだ。

このお方は皇帝という立場で常に難しい判断を迫られ、神経をすり減らしながら過ごしている。だから私はどんな時も一貫して朗らかでいようと。

これから先どんな状況になっても、そこだけは絶対にブレない！

「……そうだな。温かい方がうまいというのは同感だ」

ヒラリとマントを翻し、マクシミリアン様が私の一歩前へと踏み出す。

「急ぐぞ。冷めてしまうのだろう？」

「は、はいっ！」

空気を孕んで揺れるマントと、その下でゆらりゆらりと揺れるモコフワな尻尾を追いかけながら、胸にはこの方のために頑張ろうという前向きな決意が満ちていた。

「ヴィヴィアン、お前も座れ」

食堂でマクシミリアン様から突然水を向けられた。

「いえ、僕はマクシミリアン様の謁見中に従業者用の食堂でいただくことになって——」

「構わん」

断ろうとするが、マクシミリアン様は取り付く島もなく、給仕係に私の分の用意を言いつける。

「向かいにもう一名分、用意してくれ」

え？　近習が皇帝陛下と一緒の食卓に着いちゃって、いいの⁉

萎縮して周囲をキョロキョロと見回すが、同席を咎《とが》めようとする者はいない。給仕係にも戸惑う様子はなく、指示通りマクシミリアン様の向かいの席に速やかにカトラリーを並べ始める。

「で、では失礼します」

若干腰が引けつつ向かいの席に着けば、すぐに料理もひと揃い運ばれてくる。

数種のハムにソーセージ、チーズが入ったミートローフにツヤツヤとした黄色が目に眩しい大きなオムレツ、瑞々《みずみず》しい食感まで伝わってきそうな新鮮なレタスと太陽の光をいっぱいに浴びて赤く色づいたミニトマトが中央の大皿を彩る。

その脇には細かく刻んだベーコンと原形がなくなるくらいじっくりと煮込まれた野菜の入った黄金色のコンソメスープ、芳醇にバターが香るクロワッサンも山と積まれていた。

「わぁ～っ！　美味しそうですね！」

豪華な朝食に目が釘付けになり、無意識に感嘆の声が漏れる。

向かいからフッと笑んだ気配がして、え？と思って顔を上げるとマクシミリアン様と真正面から目線がぶつかる。

「お前は細すぎるからな。残さずに食えよ」

王者の貫禄を宿す金の瞳に映る自分の姿を驚きと共に眺めながら、私など遠く手の届かないマクシミリアン様と心を通じ合わせているような不思議な錯覚を覚えた。

「どうした？」

固まる私に、マクシミリアン様がミートローフにナイフを入れながら訝《いぶか》しげに問う。

「い、いえ！　いただきます！」

私はよくわからない感覚に蓋をして、ナイフとフォークを手に取ると艶やかな黄色が眩しいオムレツに狙いを定めた。

皇宮にやって来て一週間が経った。

ここまでマクシミリアン様との関係も近習の仕事も順調で、私は今日も朝議に行かれるマクシミリアン様の見送りに立っていた。

「いってらっしゃいませ」

「おい、なにかが落ちたぞ」

お辞儀をしたら、マクシミリアン様が床を指差しながら声をあげた。

……え？　マクシミリアン様の示す先を見ると、白と薄桃色の封筒が落ちていた。

「あ、すみません！」

どうやら腰を折った拍子に、ポケットから押し出されてしまったようだ。

私は拾おうとして慌てて床に手を伸ばすが、マクシミリアン様が一瞬早く拾い上げてしまう。

マクシミリアン様は手の中の封筒をまじまじと見つめている。

「あ、あの！　それは今朝方、女官の子たちからもらった手紙でして」

一向に私に返そうとする素振りのないマクシミリアン様を訝しみつつ、やんわりと訴える。

「お前はさっそく女官らを垂らし込んでいるのか」

「そんな、垂らし込むだなんて――」

「女に目を曇らせて業務に支障が出れば、即刻出ていってもらう。そのつもりでいろ」

冷ややかな目をしたマクシミリアン様は私の言葉を割ってぞんざいに言い放ち、封筒を放り投げるように押し付けて扉を出ていってしまう。私も慌てて彼を見送りに廊下に出た。

……なんで私が女官に手紙をもらったからって、マクシミリアン様がそんなに不機嫌になるのよ？

毛を逆立たせて、不機嫌そうにバッタンバッタンと揺れる尻尾を見つめ、やるせなさに首を捻りながら心の中で呟いた。

でもビリビリと逆毛が立った不機嫌な尻尾は、ちょっとかわいいと思った。……へっ。ぶっとい尻尾、いいよね。

この程度の行き違い（？）は日常茶飯事ですっかり慣れっこ。今さら凹《へこ》む私ではないのだ。

この一週間ですっかり耐性を身に付けた私は、無意識にワキワキと手のひらを揉みながら、憤り半分、尻尾かわいさ半分で彼の尻尾の先っちょが曲がり角の向こうに消えるまで見送った。

あくる日。

「おい、ヴィヴィアン！」

衣装部屋から遠く離れた廊下で、皇宮侍従の男性に呼び止められた。

「はい」

「陛下の鎧《よろい》を衣装部屋へ運んでおけ！」

返事をするやいなや、いきなり数日後の軍事式典でマクシミリアン様が着用する予定の重さ十五キロの鎧を、予備も含めてふた揃い積み上げられる。

「承知しました！」

私が是と答えれば、皇宮侍従の男性は嫌みっぽくフンッと鼻を鳴らして消えた。

「おい、ヴィヴィアン！」

直後、別の皇宮侍従の男性に呼びかけられた。

「はい」

「陛下に目を通していただく書類が入っている。政務室まで運んでおけ！」

またしても特大の木箱ふた箱が目の前に積み上げられる。

「かしこまりました！」

こちらも私が了承すれば、皇宮侍従の男性は小馬鹿にしたようにフッと口角を歪《ゆが》めて消えた。

ふむ、これは結構量があるぞ……って、なになに？　近習としての仕事は本当に順調なのか。同僚の男たちに意地悪されて重労働を押しつけられているんじゃないかって？

いやいや、そんなことはない。誰がなんと言おうとこの上もなく順調だ。

「あのなよなよしい近習、ポッと出てきたと思ったら陛下にうまいこと取り入って気に食わねぇぜ！　その上ちょっと顔がいいからって調子にのって、皇宮の女たちにファンクラブなんて作らせやがって」

え？　ファンクラブ!?　廊下の角から聞こえてきた男性の声にピクリと肩が揺れる。

これは初耳だった。

この一週間ですっかり懇意になった皇宮女官の女の子たちのかわいらしい笑顔を思い出せば、自ずと頬が緩む。私は彼女らとの初対面に思いを馳《は》せた――。

あれは勤務初日のこと。

勤務中、私はこちらをチラチラと見つめては囁き合う女官たちの愛くるしい視線に気付いていた。

『はじめまして、皇宮に花を添える麗しいレディたち。今日からマクシミリアン様の近習を勤めるヴィヴィアンだ』

『まぁ！　ご丁寧に、ヴィヴィアン様とおっしゃるのですね。私はサリーですわ』

『はじめまして、ヴィヴィアン様。私はアンナです』

『私は――』

早速休憩時間に声をかけたら、あっという間に私の周りには女官たちの輪ができあがった。

『ヴィヴィアン様、もし慣れない皇宮でわからないことやお困りのことなどありましたらなんでもおっしゃってくださいませ』

『そうですわ！　私たち、必ずヴィヴィアン様のお力になりますわ』

いくつか会話を交わし、別れ際にはすっかり彼女たちと打ち解けていた。

『親切にありがとう、嬉しいよ。それから僕は今わかったよ。皇宮がかくも輝いているのは、君たち心優しいレディたちの頑張りのおかげだとね』

『『まぁ、ヴィヴィアン様～』』

『おっと、そろそろ午後の勤務の開始時刻だ。またね』

彼女たちとはここで一旦別れたが、これ以降、顔を合わせるたびに親しく会話を重ねてきた。時には昨日のように手紙をもらうこともあった。

——意識が今へと戻る。

まさか、彼女たちがファンクラブを結成していたなんて……！　こちらの世界でも私のファンクラブができようとは思ってもみなかった。

「まぁまぁ、どうせ顔だけさ。ひょろひょろとした体形にあの細腕だ。あれだけの重さの荷物を全部運べるわけがない。いつ泣きついてくるか見ものさ。ついでにサリーちゃんが奴《やつ》の情けない姿を見れば……」

「そりゃあいいな！　アンナちゃんの目も覚めるぜ！」

「そしてタイミングを見計らって俺たちが登場して颯爽《さっそう》と荷物を運んでやれば……サリーちゃんは俺のものだ！」

「お前天才だな！　待ってろよ、アンナちゃん！」

私に荷運びを命じたふたりがコソコソと話していた。

……聞こえてる。全部全部、聞こえてる。

だけど、私にとっちゃこんなのは造作もない。かつての私は背中に十キロ以上もある羽を背負って歌って踊って、日に二回の公演を走り抜けていたんだから！

なにより獣人の血を引く今は、前世より体力的にはよほどタフになっている。

「ふんぬっっ‼」

なんのこれしき！　鼻息荒く右肩に鎧ふた揃いを担ぎ、左腕で特大の木箱ふた箱を抱えて立つ。

……うん！　慣れない娘役をリフトするより、ずっとずーっと楽勝だ！

「嘘だろ⁉　あいつ、持ちやがったぞ！」

「ええええっ⁉　マジかよ⁉」

素っ頓狂なふたりの叫びを背に、私は大荷物を手に皇宮の廊下をズンズンと進んだ。

「まぁっ、ヴィヴィアン様ですわ！　今日もなんて凛々《りり》しいお姿なのでしょう！」

「ヴィヴィアン様ったらあの細い体で、あれだけの荷物も危なげなく運んでおられるわ！」

「私、ヴィヴィアン様の肩に担がれている荷物になりたいですわぁ……」

しばらく廊下を行くと、向かいから懇意にしている女官の女の子たちがやって来る。

私に気付くと、彼女たちは頬を染めて口々に囁き合う。

その姿はまるで、小鳥たちが囀《さえず》っているかのよう。ふふっ、いつの時代も女性というのはなんともかわいらしいことだ。

「あ、あの！　ヴィヴィアン様、よろしかったらそのお荷物を運ぶのを手伝わせていただきますわ！」

輪の中からサリーがタタタッと前に出てきたと思ったら、両手をキュッと前で握しめ、震える唇で口にした。

「まぁ⁉　サリーったら抜け駆けですわ！　それでしたら、私だってヴィヴィアン様のお手伝いがしたいですわ！」

「私も！」

するとアンナを筆頭に他の女官たちも、我も我もと私の前にやって来て主張する。

「みんな、ありがとう。だけどこれは、僕の仕事だ。それにこのくらいの荷物なら、君たちの手を煩わせずとも、なんということもない。気持ちだけ、ありがたく頂戴するよ」

「「「ヴィヴィアン様～」」」

「さぁ、昼休憩にはまだ早い。それぞれの仕事にお戻り」

「「「はい～っ」」」

女官たちはポーッと頬を染め、颯爽と廊下を行く私を見送った。

「おい⁉ 俺たちの出番はどうなったんだよ？」

「いや、あれ出番が……？　おかしいな……」

掠れ掠れに聞こえてくる男たちの会話には、内心で「出番はなかったみたいだね」とツッコミを入れた。

＊＊＊

俺が朝議を終えて廊下を歩いていると、前方から見覚えのある鎧ふた揃いと特大の木箱ふた箱が迫ってきた。

何事だ？　脳内に疑問符が浮かんだのも束の間、それらが小柄なヴィヴィアンが半ば埋もれるようにして抱えた荷物なのだと気付く。しかもその鎧と木箱は、俺が直々に担当の侍従に運搬を申しつけていたものだった。怪訝に思って視線を巡らせると、向こうの角からこちらを窺う件《くだん》の侍従たちの存在を認めた。

……なるほど、そういうことか。

すぐに状況を理解した俺は、大股で侍従らのもとに向かう。

「お前たち、そこでなにをしている」

「陛下っ！」

「手ぶらなところを見るに、申しつけた作業は早々に終わったようだな。実に結構」

「いや、あの……」

侍従らは真っ青な顔をして、しどろもどろになりながら揃って目を泳がせた。

「仕事が終わっているならいい。職務を放棄してフラフラしているのなら即刻解雇しているところだ」

「も、もっ、申し訳ございませんーっ‼」

俺が鷹揚《おうよう》に告げた瞬間、侍従らは謝罪を叫びながら脱兎《だっと》のごとく逃げていった。

ハッ！　腰抜けどもめ。処分はカロスに任せるとするか。

俺は逃げていった侍従らを追うことはせず、ヴィヴィアンのもとに歩み寄り、彼の右肩から身の丈を超す鎧を取り上げる。ふた揃いの鎧は俺の腕にズッシリとした重みを伝えた。

「重いな……」

「え⁉　マクシミリアン様っ！」

鎧を取り上げて俺が呟くのと、ヴィヴィアンが驚きに目を丸くして俺を見上げるのは同時だった。どうやら嵩張《かさば》る荷物の死角になって、俺の存在に気が付いていなかったようだ。

それにしても、その細い腕と腰でよくこれだけの重さの荷物を抱えて歩けたものだ。

「っ、いけません！　重いですから、僕が運びます！　お返しください！」

……重そうだから持ってやったというのに、こいつは重いから返せと言う。

「お前は時々、おもしろいことを言うな」

「え⁉　いったい僕のなにがおもしろいと言うんですか？　僕はいつだって真面目です！」

俺が鎧を抱えたまま大股で歩きだせば、ぷぅっと頬を膨らませたヴィヴィアンが俺の後をちょこまかと追ってくる。その様子はどことなく親の後を追いかける幼い小動物を連想させた。

この一週間、気が付けばいつだって俺の周りを小動物めいたヴィヴィアンが甲斐甲斐《かいがい》しく動き回っている。そんな光景が、すっかり当たり前になっていた。

そういえば、彼にターバンの下に隠した『耳なし』の秘密がバレたと思い青褪《あおざ》めたこともあった。溜まった政務書類に未明まで齧り付いていた俺はヴィヴィアンの近習初日のあの日に限って寝過ごしてしまい、彼に起こされるという醜態を晒《さら》してしまったのだ。

あの時はターバンを巻かぬ無防備な頭部を見られたと思った。一巻の終わりすら覚悟して、醜聞として広まる前に己から秘密をつまびらかにすることすら考えた。結局、彼はなにも気付いてはおらず、すべて杞憂《きゆう》に終わったが。

「真面目なのは結構だが、他人の仕事まで押し付けられている状況はどうかと思うがな」

「いえいえ！　押し付けられるなんてとんでもない。僕は力だけは余ってますから、このくらいは喜んで引き受けますよ！」

先ほどの侍従らとは比較にならぬほど男気溢れるヴィヴィアンの受け答えに、驚きと共に嬉しさが込み上げてきた。

「ははっ！　お前はなよなよしげな見た目に反し気骨があるな。ならばこれからも、その調子で真面目に頼むぞ」

俺が鎧を抱えるのとは逆の手でポンッとその背を叩けば、ヴィヴィアンはまるで鳩が豆鉄砲を食ったような顔で俺を見上げる。

「なんだ、阿呆面《あほうづら》をして？」

「い、いえ！　……ただ、今日は、どことなく嬉しそうなご様子で。いつもよりやわらかな雰囲気に、少し面食らってしまいました」

「……なぜ、俺が嬉しそうだと思った？」

「わずかですが表情が普段よりお優しいですし、纏《まと》う空気も穏やかに感じたので。きっと『私がおもしろい』以外に、なにかマクシミリアン様を笑顔にさせるような出来事があったのではないかと」

たしかに今日の朝議でいい報告を聞かされて、気分が軽かったのは事実だ。とはいえ、まさかそれを言い当てられるとは思ってもおらず、ヴィヴィアンの観察眼に内心で唸《うな》った。

「現在、我が国と隣国『アンジュバーン王国』で和平交渉が進められているのは知っているか？」

「もちろんです！　一年前に国境の町で両国のトップ会談が開かれた時は、国中がお祭り騒ぎになりましたから！」

近隣諸国と融和的な関係を築いてきた我が国だが、唯一アンジュバーン王国とだけは冷戦状態が続いていた。近年は武力衝突こそなかったが、二百年近く国交は閉ざされたままだ。

先代皇帝の父も、先々代の祖父もずっと交渉の門戸は開いていたのだが、彼《か》の国がそれに応じることはなかった。

しかし俺が皇帝位に就くのとほぼ同時に、彼の国でも国王の代替わりがあった。それが転機となり、悲願だった交渉の席が実現したのだが……。

……ガブリエル。皇子時代に身分を隠して諸国を漫遊している折に出会い、意気投合した流れの楽団員。その正体がまさか、アンジュバーン王国の若き王子殿下だとは想像もしなかった。

一年前に国境の町で実現した両国のトップ会談。頭に冠を載せて現れたガブリエルを見て、俺は動揺を隠せなかった。もっとも、奴の方も俺と似たり寄ったりの阿呆面を晒していたが。

「今日の朝議で、ガブリエル国王の我が国訪問が正式に決定した」

「本当ですか！」

「ああ。ガブリエル国王は実際にその目で我が国を見て、その上で国交正常化の最終判断をしたいということだ」

「わぁっ、それは楽しみですね！　マクシミリアン様が嬉しそうでいらっしゃったのも納得しました。これはもう、長年の悲願だった国交正常化が叶《かな》ったも同然ですね」

……普通に考えれば、そうなるだろう。

しかし、ガブリエルは良くも悪くも相当に癖のある男だ。奴の心ひとつで交渉の席が実現したわけだが、逆にひとつでも気に入らないところがあれば、「やっぱり国交正常化はなしだ」などと、ぬかさないとも限らない。

「まぁ、そうなるように力を尽くすさ」

俺は嬉しさに勝るとも劣らない気の重さを自覚しながら答えた。

「これから歓迎準備で忙しくなりますね。マクシミリアン様が不足なく過ごせるように、僕も今まで以上に頑張ります！」

キラキラと目を輝かせるヴィヴィアンを前にして、一生懸命な姿がかわいいと思った。

よく動き、よく笑う。彼が来て、俺の窮屈な日常までが色づいていくかのようだった。これからも彼が、ずっと俺の隣で笑っていてくれれば……。

っ、ちょっと待て‼ 近習相手に「かわいい」などと、その上「ずっと俺の隣で笑って」だと⁉ 俺はいったい、なにを考えている⁉

自分の思考の異常さに気付き、弾かれたようにヴィヴィアンから視線を逸《そ》らす。

「どうかしましたか？」

「用事を思い出した」

鈍器で一撃されたように、頭がガンガンと痛み視界が撓んだ。

それくらい内心の動揺は大きかった。

「え？ あのーー」

「鎧は衣装部屋に入れておく。お前は後からゆっくり来い！」

俺はヴィヴィアンがなにか言うより前に早口に言い置いて、ひとり逃げるようにその場を後にした。

いくら幼いとはいえ、男であるヴィヴィアンに抱くには不自然すぎる己の想像に愕然としていた。むしろここでは、ヴィヴィアンが幼いことも問題を難解にしているように思えた。小児性愛や同性愛といった単語が嫌でも脳裏にチラつく。至ってノーマルと自覚していた己の性的嗜好を根幹から揺るがす、大きすぎる衝撃。

……いいや、冷静になれ！　俺は連日の激務で疲れているんだ。そのせいで思考が少しおかしな方向に飛躍してしまったにすぎん！

無理矢理己を納得させてみたものの動揺は収まらず、結局この日、俺は忙しさを大義名分に終日政務室に引き籠もり自室には戻らなかった。

＊＊＊

ガブリエル国王の来訪が一週間後に迫り、皇宮内は日に日に慌ただしさを増していた。

ところが忙しそうな周囲の面々とは対照的に、マクシミリアン様の身辺のお世話を担う私はひとり手持ち無沙汰だった。

うーん。ここ最近のマクシミリアン様、なんかヘンなんだよなぁ～。

そもそも、マクシミリアン様はあまり自室におられなくなった。ほとんどの時間を政務室に詰めているのだが、それはなんとなく忙しさだけが理由ではないような気がした。

私はどこかよそよそしいマクシミリアン様の態度を思い返し、首を右に左に傾げながら彼の政務室にほど近い廊下を歩いていた。

――ドンッ。

っ⁉ 胸のあたりになにかがぶつかる衝撃で、よそ事から意識が舞い戻る。慌てて目線を下げると、十歳くらいの少年が床に尻もちをついていた。

……うわぁっ！ モッフモフの虎耳だっ！ 目の前の少年はカールした栗色の髪から、昨今では珍しい大きくて立派な耳を生やしていた。真っ白な毛に覆われたまあるい耳は見るからにやわらかそうで、さらに時々かわいらしくピクピクと小さく動く。

垂涎《すいぜん》ものの極上ケモ耳に目はすっかり釘付けになり、私は前かがみの不自然な体勢のまま岩のごとく固まる。

しかもだよ？　少年のお尻の下では、耳とお揃いのふわふわとした毛に覆われた虎柄尻尾がパッタンパッタンと揺れているのだから、もうたまらない。

これは、かわいさの凶器だ――‼

「っ……」

少年が小さく息を詰めるのを耳にして、ハッと我に返る。

「すまない、大丈夫かい⁉」

この馬鹿っ！　なに上の空で歩いていたいけな少年を転ばせて、その上心を宇宙に飛ばしちゃってんの⁉

脳内で己を罵倒しつつ、咄嗟《とっさ》に両手を伸ばして少年を抱き上げた。

体重は体感的に四十キロくらいだろうと想像がついた。正直、この程度なら横抱きも余裕だ。

「どこか痛むのかい⁉」

必死に問いかけるが、少年は目を見開いたままピキンッと体を硬くして、一向に答えない。

まさか、口も利けないほど怪我《けが》の状態が悪いのか⁉

「……嘘でしょう。お姫様が、僕をお姫様抱っこしてる」

「え？」

私は内心で、ものすごく焦っていた。そのせいか、少年がこぼした台詞をすぐには理解できなかった。

少年と間近に目線が絡む。彼の瞳は純度の高いエメラルドみたいな、綺麗な緑色だった。

「お、お姫様っ！　僕、怪我はないので自分で歩けます！　重いですから、早く下ろして⁉　お姫様が潰れちゃうよっ‼」

美しいエメラルドの瞳に見とれていると、突然少年が腕を突っぱね、身を捩りながら訴えた。

少年の台詞にはところどころ不可解な単語も混じっていたが、「怪我はない」のひと言に胸に安堵《あんど》が広がる。

「そうか、怪我はないか！　それはよかった」

少年の要求通り丁寧に床に下ろしてやれば、目に見えてホッとした表情を見せる。

どうやら少年は、突然の浮遊感に驚いただけだったようだ。

「お姫様は、とっても力持ちなんだね。僕、驚いちゃったよ」

少年は赤く染まった頬をして、もじもじと恥ずかしそうに口にした。

この頃になると少年が私を女、しかも「お姫様」と認識していることに気付く。これまで私は「中性的」「男らしくない」「女みたい」と評されたことはあっても、「女」と断定されたことは一度もない。だから初対面の彼に「お姫様」と呼ばれたことに、内心の驚きは大きかった。

「ははっ！　そうさ、僕は力持ちなんだ。だから君ひとり抱き上げたくらいで潰れやしないよ」

「え……、僕？」

私があえて軽い調子で答えれば、少年は私の一人称を反復し、コテンと小首を傾げた。

「そうさ。僕は、ヴィヴィアン・モンターギュ。マクシミリアン皇帝陛下の近習なんだ。だから君の言う『お姫様』というのは違っているよ」

「……嘘、男の人？　綺麗だから、てっきり女の人かと……っ。僕、とんだ勘違いをして、ごめんなさいっ‼」

少年は長いことパチパチと瞬《まばた》きを繰り返した後で、ガバッと頭を下げた。

「ちっとも気にしてないよ。だから頭を上げて！　それに不注意で君を転ばせてしまったのは僕なんだ、君が謝るのはおかしい」

なにより性別を隠しているのは私だ。「お姫様」は違うけど、君の目は本当は結構イイ線いってる。

ごめんよ、少年……。声には出せない謝罪を心の中で呟いた。

「うん、わかったよヴィヴィアン！　僕はハミル・ヴィットティールだよ」

「そうか。ハミル・ヴィットティールだな、って……え？　えっ⁉　ええええええっっ‼」

あっけらかんと名乗られた名前を、うんうんと繰り返し、途中ではたと気付いて叫びながら仰《の》け反《ぞ》った。

目の前の少年が皇弟殿下という衝撃の事実に、気が遠くなりそうだった。

それもそのはず、平素皇都から遠く離れたコスタ領の離宮に暮らしているマクシミリアン様の弟君のハミル・ヴィットティール殿下が皇宮に来られるなんて、マクシミリアン様からも他の侍従らからもなにも報告を受けていないのだから。

「ヴィヴィアン、そんなところでなにを叫んでいる？」

その時、廊下で佇《たたず》む私の背中に声がかかる。

振り返れば、声の主は政務室から出てきたマクシミリアン様だった。

「マクシミリアン様！　ずっと政務室に篭もりきりで心配していました。お仕事に一段落ついたのですか⁉」

自ずとマクシミリアン様に話しかける声は弾み頬が緩んだ。

最近は顔を合わせる機会がめっきり減っていたから、正直、偶然の鉢合わせはかなり嬉しい。視線はどうしても背中から覗くモコモコの尻尾にいってしまうが、ゆらゆらとした動きを二往復ほど追ったところで、太陽みたいな金の瞳に向け直した。

「まぁ、そんなところだ……」

マクシミリアン様はなんとも歯切れ悪く答え、スッと目線を外してしまう。その言動に、微かな寂寥感《せきりょうかん》を覚えた。

直後、マクシミリアン様が隣のハミル殿下に目を留めて驚きの声をあげた。

「ハミルじゃないか‼　お前、皇宮に来ていたのか⁉」

「うんっ、今さっき着いたところだよ！　僕もね、アンジュバーン王国のガブリエル国王陛下をお迎えするのに来たんだ！」

「水臭い奴だ。知らせてくれれば、なにを置いても出迎えに立ったものを。それで、皇太后……いや、母上も一緒なのか？」

どうやらマクシミリアン様もハミル殿下の帰宮を知らなかったようで、驚きと困惑を露《あら》わにしていた。

「一緒だよ。僕は連絡した方がいいって言ったんだけど、自分の城に帰るのに誰に報《しら》せをやることもないっておっしゃって。今頃、中庭のテラスにお茶を運ばせているんじゃないかな」

「……そうか。では、飲み終わった頃に挨拶に伺うとしよう」

なんだろう。マクシミリアン様の口振りに、母親である皇太后様への壁や距離感のようなものを感じた。

「ねぇ兄様、この後って忙しい？　僕も兄様とヴィヴィアンと一緒にお茶会がしたいなぁ」

ハミル殿下はスルリとマクシミリアン様の腕を取ると、甘えた声で上目遣いに尋ねる。ハミル殿下の喜びの感情を映し、尻尾もかわいらしくパタパタと左右に揺れている。

……うおっ‼　なんっという女子力の高さ⁉　本来の使い方でないのは百も承知だが、ここでハミル殿下のテクニックを称える言葉は「女子力」で間違いない。だって、こんなことされたら誰だって百発百中でイチコロだ！

「お前とのお茶より優先すべきものなどあるわけがない。すぐに用意させる。三人で茶にしよう」

「わぁい！　僕、兄様のお部屋がいいな！」

案の定、マクシミリアン様は秒殺でオチた。ついでにマクシミリアン様の上機嫌を反映し、その尻尾もハミル殿下の尻尾に負けず劣らずの勢いでパタパタと揺れていた。

……おお！　兄弟の尻尾のパタパタの共演！

これは、なんという眼福――！

さらに恐れ多いことに、私もお茶会のメンバーに入っているようだ。もしかするとマクシミリアン様に避けられているのかな、なんて思っていたから「三人で」と当たり前のように言ってもらえたことは嬉しかった。

しかもお茶会の発案者は、ケモ耳と尻尾がついたとびきりキュートな皇子様。

くぅうっっ。ひゃっほーっ！　豪華メンバーによるお茶会に、心が躍った。

「よし、では俺の部屋で茶会といこう」

マクシミリアン様はハミル殿下の栗色の髪をわしゃわしゃっと撫でると、私が動くよりも早く、自ら廊下の端に控える侍従に指示を出す。

侍従はスッと一礼し、足早に厨房の方向に歩いていった。

皇宮使用人の仕事の早さと的確さには、これまで何度も唸らされている。だけどマクシミリアン様の居室の扉を開き、茶器と茶菓子の一式が用意されているのを目にした瞬間、目を丸くした。

……えぇ⁉　仕事、はやっ！

私たちがおしゃべりに花を咲かせながらゆっくり移動してきたとはいえ、かかった時間はせいぜい五分程度だ。このスピード感は尋常ではない。

「わぁ～、美味しそうだね！」

「あぁ、急ごしらえだがなかなかだな」

マクシミリアン様とハミル殿下は別段驚いた様子も見せず、早々に応接ソファに腰を下ろした。

……そうか。皇宮使用人たる者、この程度は難なく熟《こな》して然《しか》るべきということか。

私もマクシミリアン様の近習として、ますます気を引きしめていかなくちゃ！　ゴクリと喉を鳴らしつつ、私はひとり決意を噛みしめた。

香り高い紅茶とバラエティに富んだ色とりどりの菓子を囲み、お茶会は和気あいあいと進んだ。

「兄様は半年前にお会いした時は近習なんていなかったよね。いつの間に付けたの？」

宝石みたいな果物がたっぷりのったタルトを頬張りながら、ハミル殿下がマクシミリアン様に水を向ける。

「三週間前だ」

「ふぅん、そっか。……ねぇ、兄様は覚えてる？」

ここでハミル殿下は、一旦言葉を途切れさせる。嬉し楽しのお茶会にすっかり浮かれた私は、のんきにクッキーを頬張りながら、ハミル殿下の続く言葉に耳を傾けた。

「前に僕が『皇帝の座を譲って』ってねだったら、兄様は『皇帝の座は譲れない。その代わり、それ以外ならなんだって譲ってやる』って言ってくれたよね？」

「ああ、覚えている」

少しの間を置いて、マクシミリアン様は頷いた。

「じゃあ兄様、僕ね、ヴィヴィアンを気に入っちゃったんだ。だから僕に譲って!?」

……え？　ハミル殿下の無邪気な声が鼓膜に反響した。

ギシギシと軋《きし》む首を横に巡らせる。視界に映るマクシミリアン様は、能面みたいな無表情をしていた。

さらに無邪気にピクピクと揺れるハミル殿下の虎耳とは対照的に、マクシミリアン様の尻尾はピキンと固まったまま微動だにしない。

バクバクと心臓が早鐘を打ち、指先から血の気が引いていくのがわかった。

まさかマクシミリアン様は、是と頷いてしまったりしないよね⁉ どんなに見つめても、彼の考えが読み取れない。そのことが私をひどく不安にさせた。

和やかに進んでいたお茶会が、しばし静まり返る。

「ふふふっ！ やだなぁ、冗談だよ！」

沈黙を割ったのはほかでもない、ハミル殿下の笑い声。

「……え、冗談？」

「そうだよ！ ふたりして本気にして怖い顔をするんだもん！ 僕、ビックリしちゃったよ」

な、なっ、なんだそりゃ～っっ‼

「もうっ！ ハミル殿下ったら、驚いたのはこっちですよ。悪い冗談はやめてください。ほんと、心臓に悪いったらありません」

「ふふっ。ごめんごめん」

今の質問で私がどんなに心身をすり減らしたと思っているのか。コロコロと無邪気に笑うハミル殿下に、ガックリと肩を落とした。

ふと、ここまで無言のままのマクシミリアン様に目線を向けるが、俯いていたために彼がどんな表情をしているのかはわからなかった。

「ところで兄様、ガブリエル国王陛下の来訪では皇宮での歓迎式典や舞踏会の他にも、我が国の見どころを案内して回るんでしょう？　どこを案内するか、もう決めてるの？」

ハミル殿下はけろっとしたもので、早速話題を次に移す。

そうして殿下が振ったのは、今、ヴィットティール帝国民皆がもっとも関心を寄せているホットな話題だった。

「国立研究所とヴィットティール帝国歴史記念館、それからヴィットティール帝国歌劇団の観劇に招待しようと思っている。他にも、陛下のご希望があれば国立公園や市場など国民生活に根差した場所も臨機応変にご案内する予定だ」

……へぇっ！　ヴィットティール帝国歌劇団の観劇かぁ！

候補にヴィットティール帝国歌劇団と聞かされて私は目を輝かせた。

ヴィットティール帝国歌劇団は、我が国のみならず近隣諸国にも名をとどろかせる名門の劇団だ。その分、チケットの争奪戦は激しく、地方領にあってその入手など夢のまた夢。私も幼少期からいつか観たいと望みながら、これまで叶えられずにいたのだ。

「へぇ～、我が国を代表する最先端の施設や名所ばかりだね。僕はどこも慣れちゃったけど、初めて我が国を訪れるガブリエル国王陛下にはきっと新鮮だね」

……なんと、ハミル殿下は慣れるほどヴィットティール帝国歌劇団の観劇に行っているのか。正直、ものすごく羨ましい。

「ヴィヴィアン、どこか興味のある場所でもあったか？」

「え⁉」

突然隣から問われ、ビクンと肩が跳ねる。

ガバッとマクシミリアン様を仰ぎ見れば、彼はこんな風に続けた。

「なに、お前がキラキラと目を輝かせていたからな。てっきり候補の中に行ってみたい場所でもあったのかと思ったが、違ったか？」

っ、なんてことだ！　私ってばひと目でそれと気付かれるって、どんだけ物欲しそうな顔をしていたのよ⁉　恥ずかしすぎる――っ！

「おっしゃる通り以前からヴィットティール帝国歌劇団に興味があったもので、つい……。す、すみませんっ」

白状するも、あまりの情けなさに最後は小さくなって頭を下げた。

「謝ることはない。ガブリエル国王陛下をお招きする際はお前も同行するといい。その日は劇場ごと貸し切っての公演だから、ちょうどいい」

「いいんですか⁉」

まさか、貸切公演に同行を許された！　期待と興奮に、胸が鳴った。

「いいもなにも、お前は俺の近習だろう。それに以前から興味があったと言うくらいだ。歌劇団について詳しいのだろう？　劇の見どころや演者についての情報などをお伝えできれば、きっとガブリエル国王陛下も喜ぶだろう。お前も一緒に、国王陛下をもてなしてくれ」

実際に生で観劇したことはないが、ヴィットティール帝国歌劇団の情報誌はあまさずチェックしていた。だから当然、演目や役者さんについての知識は十分ある。だけど、こういった場合は……。

「観劇はぜひ、ご一緒させていただきたいです。けれど国王陛下への説明は、役者さんにお願いするのがお勧めです」

「役者にだと？」

前世で劇団にいた時も、ＶＩＰが観劇する際に役者が案内役につくことがあったが、これがかなり好評だった。

「はい。ヴィットティール帝国歌劇団の今公演では、主演男優の相手役ヒロインがＷ

キャストで組まれています。当日、休演にあたっている女優さんに案内役をお願いできれば、見どころなどこれ以上ない臨場感を持って伝わりますから」

「なるほど。役者に直接案内を頼むというのは考えてもみなかったが、なかなかいいアイディアだ」

マクシミリアン様は感心した様子で頷いている。かつての実体験が役に立ち、私も嬉しくなった。

「きっと喜んでいただけると思います」

「よかったね、ヴィヴィアン。……それにしても兄様ってば、ヴィヴィアンのことをよく見てるんだね。僕はヴィヴィアンが観劇に行きたがってるなんてちっとも気付かなかったよ」

「いや！　なに！　ふと横を見たらヴィヴィアンが物欲しげにしているのに、なんとなく、たまたま、偶然、気付いただけだ！」

っ‼　そんな、物欲しげって……ぅ、うっ、うぁぁあ――。

穴があったら入りたいっ‼

「兄様ってば、なにをそんなに強調してるのさ？　へんなの」

「あ、いや。……うむ」

「ふふっ。まぁいいや、それより兄様、このマフィンすっごく美味しいんだ。ほら、ひと口食べてみて⁉」

「どれ」

打ちひしがれる私を尻目に、兄弟はモフモフの尻尾を揺らしながら仲良しこよしで楽しそうだった。

……うわぁっ！　なんという眼福！　消沈から一転、モフモフ尻尾の共演にすっかり目が釘付けになった。

＊＊＊

ハミルらとの茶会の後、重い腰を上げて皇太后の居室を訪ねた。

俺としては今さら彼女と話すことなどなく、顔を合わせたいとすら思わないのだが、皇帝として帰宮した皇太后を無視するわけにもいかず仕方なく足を運んだ。

形通りの挨拶を済ませて居室の扉を閉めた瞬間、特大のため息がこぼれた。楽しかった茶会の気分が嘘のように、今は全身が鉛のように重い。

紛糾する議会で大臣らとやり合うより、各国首脳と重要な交渉を進めるより、実母との対面が俺を消耗させた。

……少し外の空気を吸ってから部屋に戻るか。

政務室に戻って仕事を進める気が起きなかった俺は、中庭へと足を向けた。

中庭は、西に沈みかけた夕日で茜色《あかねいろ》に照らされていた。

大禍時《おおまがどき》……。この時間帯は、こんな言葉で表されることがある。文字通り、魑魅魍魎《ちみもうりょう》が蠢《うごめ》く禍々しい時という意味だ。

母は丸三日にも及ぶ並々ならぬ産みの苦しみを経て、この時間帯に俺を産み落としたという。彼女が耳なしの嬰児《えいじ》を初めて目にしてあげたのは、阿鼻叫喚の悲鳴だったそうだ。俺は母から乳を含まされることもなく「禍々しい耳なし」「でき損ない」といった罵詈雑言《ばりぞうごん》を聞かされて育った。時には激昂した彼女に、ひどく打ち据えられることもあった。

対外的には幼少時に額に負った怪我を隠すためとして巻いているターバンだが、これもまるっきりの嘘というわけではない。事実、俺の額には母から燭台を投げつけられて負った傷があるのだから。

もっとも今では、母は世継ぎのプレッシャーを受けながらやっと授かった皇子が耳なしという事実を受け入れられず、正気を欠いていたのだと理解もしている。

なにより俺を忌避するのは母だけではない。今でこそ俺の皇帝としての手腕は認められ一定の評価もされているが、当時、俺の耳なしを知る皇宮高官たちは直接の危害こそ加えなかったものの、侮蔑を隠そうとしなかった。

そんな中、皇帝であった父だけは理性的だった。『我が一族の顔が獣型でなくなって久しい。世情に鑑みれば皇統から虎耳や尻尾といった獣人の特徴が完全に消えるのも時間の問題だったのだ。それが今のこのタイミングで、我が皇子だったというだけだ』と、こんな風に周囲を諭していた。

それでも国民への少なからぬ影響を考えて、父も高官らも俺が耳なしという事実の公表には慎重だった。俺は彼らの『然るべき時が来て、公表をするまでは秘する』との決定に従って、人前では常にターバンを着用するようになった。そうして父が逝き、帝位に就いてからも、俺は自身の判断によってターバンの着用を続けていた。

「ハッ‼　なにが強さの象徴だ、馬鹿らしい！」

形骸化し本来の機能を失った虎耳や尻尾は、今となってはただのお飾りだ。そんなものの有無に、人はいつまで振り回されながら生きていくのか。

……しかし、そんな馬鹿らしいものにもっとも人生を振り回されているのは、ほかでもない俺だ。

「……はぁ。いかんな」

母と会うたびにこうも心かき乱されているようでは、俺もまだまだ。重く絡まる思考を振り払うように、緩く首を振る。

美しく整えられた花壇の花々も、ささくれだった今の心には響いてこない。俺は花壇の前を通り過ぎ、木々が茂る中庭の奥へと足を向けた。

美しい花々も悪くはないが、俺は昔から木々を見るのが好きだった。

派手な花や実を付けずとも、緑の葉を茂らせて真っ直ぐに上に伸びる。その潔さがよかった。

萌《も》ゆる木の葉の下で大きくひと呼吸ついたその時、中庭を一陣の風が吹き抜けて、俺のターバンをはためかせた。

清涼とした風は火照《ほて》った頬に気持ちいいばかりでなく、雑多とした思いまで一緒に押し流していくようだった。

……あぁ、心地いい風だな。

この日の俺は、ターバンに金襴《きんらん》織りの布を選んでおり、アラベスク模様が刻まれた布の端には長さのある房飾りがついていた。その一部が横から伸びる枝に絡んでいることに、俺は気付いていなかった。

「さて、頭も冷えたことだしそろそろ帰るか」

──カサッ。

「あれ⁉　マクシミリアン様もお散歩ですか⁉」

少し遠くで地面を踏む足音がしたと思ったら、直後ヴィヴィアンの弾んだ声があがる。

「お前も来ていたのか」

振り返ると、ヴィヴィアンが十メートルほど離れた木陰から飛び出してきて、ニコニコと駆け寄ってくる。

振り返った瞬間、頭部をなにかがサラリと掠めていくような感触を覚えたが、ヴィヴィアンに気を取られていた俺は、突き詰めて考えることをしなかった。

「はいっ！　仕事も一段落ついて夕食まで間があったので、外の空気を吸い……」

ヴィヴィアンは満面の笑みで答え、しかし途中で不自然に言葉を途切れさせた。その目には、驚きの色が浮かんでいた。

「どうした？」

「あ、いえ。どうやらターバンの房飾りが枝に引っかかってしまっていたみたいですね。素敵なターバンが汚れちゃったら大変です。すぐ外しますね！」

言うが早いかヴィヴィアンは俺のすぐ横の木の下で爪先立ちになり、彼の背丈より高い位置にある枝へと手を伸ばす。

俺は即座に状況が理解できず、緩慢に彼が腕を伸ばす木の枝に視線を向けた。すると、たしかに俺のターバンの房飾りが枝に絡まっていた。不可解なことに、一端を枝にぶら下げたターバンは長くたなびき、もう一端の房飾りがヒラヒラと風に舞い宙で踊っていた。

……っ‼ 目にした瞬間、弾かれたように頭に手をやる。

「あれ？　取れないな……うーん、よいしょっ！」

あてた手指の隙間を髪がサラリと流れる感触に、絶望を覚えた。

「取れたぁ！　マクシミリアン様、お待たせしました！　無事に取れましたよ。ザッと見た感じ、汚れたり破れたりもしていないみたいです」

「……お前、見たのか⁉」

誇らしげに差し出すヴィヴィアンから奪うようにターバンを取り上げて、噛みつくように叫ぶ。少し冷静に考えれば、真正面から向かい合った状態で今さら「見た」もなにもないのだが、それだけ俺の内心の動揺は激しかった。

「ええっと、それはお耳のことですか？」

のんびりとしたヴィヴィアンの受け答えに、焦燥が募る。

木の葉を優しく揺らしながら抜けていく爽やかな風も、今はもう心地よい静けさを与えてはくれない。重苦しい不快感が胸に渦を巻いていた。

「その通りだ！　それ以外になにがあるというんだ⁉」

俺の勢いと語気の強さに、彼は驚いているようだった。

「賢帝と称えられ、持ち上げられている俺の実体はこれだ。……がっかりさせてしまったな」

ヴィヴィアンを萎縮させぬよう意識してトーンを下げ、自嘲気味に呟いた。

「マクシミリアン様、失礼ですが僕にはあなたのおっしゃる『がっかり』の真意が皆目見当もつきません。だって、どこにもがっかりする要素なんてありませんよね？」

ヴィヴィアンは俺を真っ直ぐに見つめ、静かに言葉を続ける。

「国民の顔が獣型でなくなってから、随分経ちます。虎耳や尻尾の特徴を持つ者も、全国民の一割をきっている状況です。名のある貴族でも耳も尻尾もないなんてことはもうザラで、獣人の特徴はいつ潰《つい》えてもおかしくないまさに風前の灯火。だから皇帝一族が……マクシミリアン様が、その特徴を持たずにいることもなんらおかしいとは思いません」

驚くべきことにヴィヴィアンの言葉は、言い回しに多少の違いはあれど、亡き父上が常々言っておられたことと同じだった。

「まさかお前がそんな風に考えていたとはな」

それは俺の胸を震わせる、温かで優しい思考。そして俺という存在を容認する理性的で寛容な未来志向の思想だ。

「もちろん僕はがっかりもしていません。ですが……」

ここでヴィヴィアンは、一旦言葉を途切れさせた。

「幼少時に額に負った怪我を隠すためにターバンが手放せないと聞いていたので、つるりとした額を拝見して思わずアレ？ってなりました。……ふふっ。でも、こうして近くで見ると少しだけ窪《くぼ》みが残っているんですね。小さい頃に、ぶつけてしまいましたか？」

耳にした瞬間、熱く心が震えた。ヴィヴィアンの一語一句が、やわらかな温もりでもって俺という人間をまるごと包み込んでしまうようだった。

俺の未来が、ヴィヴィアンによって明るく照らされていく。目の前の視界がクリアに開け、世界が鮮やかに色づき始める。積年の苦渋や劣等感、長く俺を苛《さいな》んでいた引け目のようなものがスーッと霧散していくのを感じた。

「まぁ、そんなものだ」

俺の心はかつてないくらい晴れやかだった。

その時、ふいにある思いが脳裏をよぎった。

「……惜しいことだ」

「え？」

意図せず漏れた呟きに、ヴィヴィアンはキョトンとした顔をして首を傾げた。

「ヴィヴィアンよ、俺はお前のような考えを持つ女を妃に娶《めと》りたかったぞ」

一瞬よぎった思いを、わざと悪戯《いたずら》めかして告げる。

するとヴィヴィアンは茹蛸のように顔を真っ赤に染め、目玉が落っこちそうなくらい目を見開いた。そのまま挙動不審にもじもじと身をくねらせる姿に、俺は思わず吹き出す。

「ははっ！　ただの物の喩《たと》えだろうに、おかしな奴だな」

「いや、あの……はい。すみません」

ヴィヴィアンの反応を少し意外に思いつつ、手の中のターバンに目線を落とす。いつもなら人目を気にして、屋外で頭部を晒したままでいるなど絶対にあり得なかった。

しかし今はすぐに巻く気にはなれず、髪をかき上げて風になびかせた。

明かせない想い

ハミル殿下とお茶会で盛り上がり、マクシミリアン様がターバンの下に覆い隠してきた秘密を知った日の翌朝。

私は皇宮裏の廃棄食材置き場にいた。

「ふみゃー！」

私を目にするや、たむろしていた野良猫たちが一斉にすり寄ってくる。

「お待たせ、猫ちゃんたち。おぉおぉ、今日も元気そうだなぁ」

この二十日間、私は二、三日に一度のペースで皇宮周辺の野良猫たちを手入れするのを習慣にしていた。

前世の記憶を持つ私からすると信じられないのだが、前述した通りヴィットティール帝国民には猫の飼育はおろか、愛でる習慣もない。飼い猫の概念がないのだから、猫の方も人を敵認定している。

なんとも残念な現状だが、私の見解はこうだ。でっかいだけで虎だってネコ科動物、大きく括《くく》れば猫の仲間だ。獣人である自分たちが半分猫のようなものなのだから、飼うという発想には至らないのだろうと、この世界での十五年を経て結論付けていた。

「今日は特別に、君たちへのおすそ分けもあるんだ」

厨房付きの女官からもらった包みを解き、中のご馳走を猫たちに披露する。

「ふみゃぁ～‼」

猫たちは一斉に、かつおぶしとにぼし、さらには大盤振る舞いのマグロのオイル漬けに飛びついた。

猫たちがひとしきり食べ終えると、私はブラシ片手に一匹ずつ丁寧に毛繕っていく。

これは実家暮らしの時にもしていたことで、大好きな猫たちが体にノミをくっ付けて毛をボソボソにしているのが耐えられず、自作したノミ除《よ》けのハーブスプレーで自宅周辺の野良猫たちの手入れをしていたのだ。

そうして近習として上がった皇宮周辺でも毛をボソつかせた猫たちを見つけ、勤務の傍ら、持参していたこのハーブスプレーでブラッシングしてやるようになった。

「ふみゃ～」

当初は気性が荒かった猫たちも、今では私がブラシをかけるとうっとりと蕩けた目をして甘えた声をあげる。

継続的なブラッシングと特製ハーブスプレーの効果で、彼らの毛はふわりと立ち上がり、見違えるように艶やかになっていた。

……ふふふっ、すっかりふかふかだ。かわいいなぁ。

スリスリとすり寄ってくる猫たち全頭をブラッシングし、最後の仕上げにもう一度ハーブスプレーをかけてやる。

「よし、すっかり綺麗になったね。ハーブの効果が切れる頃にまた来るね！」

私の足に甘えてくる猫たちに別れを告げると、惜しまれつつも廃棄食材置き場を後にした。

猫たちのブラッシングを終えて皇宮の廊下を進んでいたら、玄関ホールの方向から大きな衣装櫃《びつ》を抱えてよろよろと歩いてくる小柄な女官の姿を認めた。

彼女の亜麻色の髪から生えたクリーム色がかった優しい色みをした虎耳と、同色の長い尻尾は見るからにやわらかそうで、思わず目が釘付けになった。

こんなに立派な耳と尻尾を私が一度見たら忘れるはずはないから、きっと新しく入ったばかりなのだろう。新入りという共通点に親近感が湧き、とびきりキュートな耳と尻尾を持つ彼女への好感がますます募る。

「失礼、レディ。君の細腕にその櫃は、少々荷が重そうだ。手が空いているから、運ぶのを手伝おう」

「ま、まぁ！　これはご丁寧に、助かりますわ」

隣に歩み寄り、櫃を取り上げながら声をかければ、女官はいまだ幼さを色濃く残す頬を真っ赤に染め、はにかんだ笑みで答えた。

彼女の感情を映すように、ピクピクと小さく耳が揺れる様がなんとも言えずかわいらしい。

「僕はマクシミリアン様付きの近習のヴィヴィアンだ。三週間前からお仕えしているが、君と顔を合わせるのは初めてだね。最近、新しく入ったのかい？」

「い、いえ。私は昨年より皇太后様のもとで行儀見習いをしております、ユリアと申します。普段は皇太后様がお住まいの離宮で身の回りのお世話をさせていただいておりますが、此度《このたび》は皇太后様の皇宮滞在に同行してまいりました」

なんとユリアは、新入りではなく皇太后様付きだったようだ。しかもそのキャリアは私よりも長い。

「そうだったのか。ならば、これは皇太后様の居室までだな」

「はい……っ、いえ！　やはり結構でございます！」

にこやかに頷きかけたユリアだったが、突然、ハッと気付いたように私の手に移った櫃に向かって手を伸ばしてくる。

「ヴィヴィアン様のお申し出はありがたいのですが、手伝っていただいたのが皇太后様に知られたら、きっと叱られてしまいます」

ユリアは「叱られて」の件でふるりと体を震わせ、表情を曇らせる。虎耳が垂れ、尻尾もどことなくしょんぼりしているように感じた。

「急にどうした？」

私は、まだ見ぬ皇太后様に不信感を募らせた。皇太后様の使用人に対する普段の態度など知るよしもないが、これだけの大きさと重さの櫃をユリアひとりに運ばせて、かつ第三者の介入に目くじらを立てるというのは些《いささ》か乱暴に思えた。

「なに、それなら皇太后様の居室の前で君に渡せばいいだけのこと。なにも問題ない」

ユリアの憂慮を取り払うように軽い調子で微笑み、手にした櫃をヒョイと肩に担ぎ上げ颯爽と廊下を歩きだす。

「……ヴィヴィアン様」

ユリアは少し驚いたように目を瞠り、すぐにテテテッと私の後を追ってくる。彼女の歩みに合わせてふわふわと揺れる尻尾にも元気が戻り、ものすごくかわいかった。

「それにしても、女性の装いというのは大変だ。衣装だけでこんなに大きな櫃がいっぱいになるのだからな」

歩きながら、なんの気なしに水を向ける。

「まぁ、それは新調された数あるドレスのうち、ほんの一部でございます。他にもオーダーしていたドレスだけでさらにふたつ、衣装小物でひとつ櫃がございますから」

「まさか、それも君が運ぶのか⁉」

「はい」

返答に驚くと同時に、私はユリアの置かれた労働環境が心配になった。彼女は日頃からこんな扱いをされているというのか。

「では、それも僕に任せてくれ」

「とんでもありません！　これ以上ヴィヴィアン様のお手を煩わせるわけにはまいりません」

「ははっ、そんなのは気にしないでいい。言っただろう？　僕はちょうど手が空いているんだ。空いた手を有効に使わない手はない」

「私の仕事ですのに、なんだか申し訳ないですわ……」

恐縮しきりのユリアを横目にして、私はピンと閃《ひらめ》く。

「なぁユリア、決して荷運びの礼というんじゃないんだが、もし君がよければの前提でひとつお願いをしてもいいだろうか？」

「なんでしょう」

「運び終わった後、僕に君の虎耳や尻尾を少しだけ撫でさせてくれないか」

我が国に小動物をペットにする習慣がないのだから、耳や尻尾を撫でたり梳《くしけず》ったりして愛でるという行為も一般的ではない。だからユリアも私の申し出にキョトンとして首を捻った。

「僕はふわふわの毛が大好きで、触っているとすごく癒される。だから、ユリアのやわらかそうな虎耳や尻尾を撫でさせてもらえたら、とても嬉しい」

「そんなことでしたら、お安い御用です！　ですが、耳や尻尾を触って癒されるだなんて、変わっておられるのですね」

ユリアは力強く同意し、クスクスとかわいらしい笑みをこぼす。

「やわらかな毛並みの感触というのは、心を穏やかにしてくれるよ。僕は巷《ちまた》でも、毛に覆われた小動物なんかを見ると、つい抱き上げて撫でたくなってしまう」

「そういうものでしょうか？　衛生的な観点から野生の小動物には不用意に触れぬよう幼少期から言われてきておりますから、なかなか信じ難い内容ではありますわ」

ユリアはやや懐疑的な雰囲気だった。

「そうだ！　ねぇユリア、僕は皇宮裏に住まう猫たちにノミ除けのハーブをかけて、ブラッシングをしてやっているんだ。彼らの毛皮は、今では以前とは別物みたいに艶々になっているよ。当然、ノミだっていない。よかったら今度、撫でに来ない？」

「まぁ、猫たちにノミ除けのハーブとブラッシングを⁉　それでしたらぜひ一度、ご一緒させてくださいませ！　私もその猫たちを撫でてみたいですわ」

「よし、約束だ」

「はいっ！」

ユリアと約束をしながら、もしかすると彼女がモフモフの虜になる日もそう遠くないかもしれないと思った。

他にも、ユリアとたわいもない話をたくさんしながら、衣装櫃を手に玄関ホールと皇太后様の居室近くまで四度、行ったり来たりを繰り返した。

「はい。衣装小物が入った最後のこれが一番重いから気を付けて」

そうして皇太后様の居室があるひとつ前の区画に差しかかったところで、慎重に四個目の櫃をユリアの手に渡す。

「ありがとうございます、ヴィヴィアン様」

「どういたしまして。それから、もし困ったことがあったら僕に相談してほしい」

「え？」

「僕の勘ぐりすぎかもしれないが、皇太后様付きの仕事は少し大変そうだ。もし辛いようなら、僕の家族がやっている事業所で秘書の仕事を紹介することだってできる。皇太后様付き女官のような名誉にはならないけれど、有益な経験が積めるはずだ。とにかく、困った時は力になるから頼ってくれ」

櫃を受け取ったユリアは、こぼれ落ちそうなくらい目を見開いて私を見つめていた。幼さを残した童顔にピクピクと小さく揺れるモコフワの虎耳と尻尾まで加わった彼女は、理性が破壊されそうな猛烈なかわいらしさで、私は衝《つ》き動かされるようにやわらかそうな虎耳に手を伸ばした。

「……すごいな！　やっぱりユリアの虎耳はモコモコだ」

そっと手のひらで触れた虎耳は、見た目を裏切らないモフモフの感触を伝えてくれる。ユリアが重い櫃を抱えた状況に鑑み、丁寧に二、三度撫で、指の間を滑っていく極上のモフモフ質感を堪能すると、名残惜しくもスッと虎耳から手を引く。

「ありがとう、おかげで夢心地が体験できた」

ユリアは少しこそばゆそうに、目を細くして私を見上げていた。

「オーバーですわ。……あの？　尻尾はよろしいんですの？」

頬を染めたユリアが遠慮がちに問う。

「今日はその櫃もあるからね、これで十分だ。尻尾は次回のお楽しみにとっておくことにする」

「では、次回を楽しみにしておりますわ。それからヴィヴィアン様、『困った時は力になる』という先のお言葉、とても嬉しかった……」

ユリアは台詞の後半でスッと目線を落とし、顔を俯かせてしまう。

「……ユリア？」

「ヴィヴィアン様、荷物をどうもありがとう！　約束を忘れないでくださいませ。ごきげんよう！」

ユリアの様子が気になった。だけど私が続きの言葉を発するよりもひと足先に彼女はくるりと背中を向けて、皇太后様の居室の方向に足早に行ってしまった。

……やはり、皇太后様の女官仕事に苦労があるのかもしれない。今度、会った時に詳しく聞いてみよう。

そう思い直し、私も大急ぎで午前の仕事に取りかかった。

その日の午後。

「こちらが嘆願書になります。陛下にお渡ししてください」

「承知いたしました。失礼いたします」

私はマクシミリアン様あてに届いた嘆願書を受け取って、政務官室を後にした。

……それにしても、なんで皇帝陛下への直接嘆願がこんなに多いんだろう？

扉を出たところで、改めて両手に抱えた分厚い嘆願書の束を見下ろして首を捻る。

差出人は、地方領主らがほとんど。しかし彼らからの相談事は、地方創生大臣が専用の相談窓口を設けて対応にあたっているはずだった。もしかすると、うまく機能していないのかもしれない。

政務エリアを歩いていると、偶然ふたりの大臣が立ち話をしているところに通りかかった。

……なんだろう？　ふたりは激昂している様子で、その声はかなり大きい。

「陛下は獣人としての誇りが欠落しているのだ。いくらアンジュバーン王国側からの申し入れとはいえ、我が国が法改正をする必要などまるでない。そうは思わんか、シルバ？」

地方創生大臣から同意を求められ、財務大臣は深く頷く。

「ゴルドよ、その通りだ！　法律から『身分を超えた婚姻を認めない』との条文を撤廃しては、ますます獣人の血が薄まってしまう」

わざわざ聞こうとしなくても、ふたりの声が勝手に耳に飛び込んでくる。話しているのは、マクシミリアン様が今まさに議会に訴えている議案についてだった。

ちなみに我が国では三代前の皇帝の時代に、法律に「身分を超えた婚姻を認めない」という新しい条文が加えられた。ヴィットティール帝国民の中でも比較的白虎の血が濃い貴族と庶民を交わらせないための苦肉の策だったのだろうと想像はできるが、結局これといった効果も得られぬまま虎耳と尻尾を持つ者の出生数は低下の一途を辿《たど》っている。さらには書類上の身分を整えるため、金銭の授受をともなう養子縁組までが横行する異常な事態を招いていた。

マクシミリアン様はこの現状を憂い「この条文は自由恋愛と結婚を阻害する前時代的なもので、国際社会における我が国の地位と評価を低下させている」と議会に法改正を提言したのだ。この背景には国際社会、特に、今まさにヴィットティール帝国が国交正常化の交渉を進めているアンジュバーン王国への配慮もある。アンジュバーン王国において身分差別や性差別はもっとも忌避されており、そういった現状を踏まえてのものだった。

「ハッ！　所詮陛下は『耳なし』であられるからな。虎耳と尻尾を持つ我ら生粋《きっすい》の獣人と同じ誇りと志は持てんのだ。ヴィットティール帝国は白虎獣人の国だ。『耳なし』が皇帝とは片腹痛いわ！」

なんてひどい！　地方創生大臣がしたマクシミリアン様への侮辱に、はらわたが煮えくり返る。

もっと言えば、いくらここが政務エリア内とはいえ一部の政務高官しか知らないマクシミリアン様の『耳なし』を声高に叫ぶ無神経さにめまいがした。実際にこうして、昨日までこの事実を知らなかった私の耳に入ってしまっているのだから、彼らの無駄話から第三者の耳に入るリスクは大きい。

「だから儂《わし》は、ハミル殿下出生の折にあれだけ廃嫡を訴えたというに」

さらに地方創生大臣は鼻息荒く聞き捨てならない台詞を続ける。

……もう、許せない！

大臣らに抗議すべく、口を開きかけた。

「これ、ゴルド。我らは曲がりなりにも皇帝陛下を支える大臣じゃ、それは言ってはならん」

ところが私が声を発するより一瞬早く、財務大臣が地方創生大臣をピシャリと諌《いさ》めた。

これまでの話の流れでてっきり財務大臣は地方創生大臣に賛同するとばかり思って

いたから、この流れは正直予想外だった。

出鼻を挫《くじ》かれた恰好《かっこう》となった私は、あげかけた抗議の声を引っ込めた。

「ふ、ふむ。そうだな」

地方創生大臣は一応頷いてみせた。しかしその顔は不満を絵に描いたようで、彼が微塵《みじん》も反省していないのは瞭然としていた。

「時にゴルド、貴殿が言っておった先だっての――」

ふたりの大臣の話題が別に移っても、私の胸中でメラメラと燃え盛る怒りの炎が収まる気配はなかった。

本音では今からでも地方創生大臣に謝罪と発言の撤回を求めたかったが、彼がいち皇宮従業者の言葉に耳を貸すとは思えなかった。

なにより、いっときの感情に身を任せ、事を荒立たせては、後々マクシミリアン様の迷惑になるかもしれない。

なけなしの自制心でグッと口を引き結び、無言のまま大臣らの脇を通り過ぎた。

怒りが冷めやらぬまま政務エリアを出て、カツカツと皇宮の回廊を進む。歩みの速度を緩めずにマクシミリアン様の居室区画に続く角を曲がったその時――。

「きゃあっ‼」

前から歩いてきた女官とぶつかりそうになった。私は咄嗟に身を引いて衝突を避けつつ、仰け反るような恰好の女性が間違っても転んだりしないよう、その肩をしっかり支えた。

「すまない！　大丈夫か⁉」

私の腕の中で身を硬くしていた女官がゆっくりと顔を上げる。

「まぁ、ヴィヴィアン様！」

「サリー！」

なんと、私のファンを公認するサリーだった。

「ごめんよサリー、驚かせてしまったね。怪我はなかったかい？」

「ぶつかってすらおりませんもの、怪我などしようがありませんわ。それよりヴィヴィアン様こそ、随分とお急ぎのご様子。私は大丈夫ですから、どうぞ陛下のもとに向かってくださいませ」

サリーはこの状況で、真っ先に私への心遣いを見せる。

「いいや、決して急いでいたわけではないんだ……。恥ずかしい話だが、僕は怒りのあまり平常心を欠いていたらしい。君に怪我をさせずに済んだのがせめてもの救いだ」

怒りに支配されすっかり周囲の状況確認を疎《おろそ》かにしていた。皇宮に従事する者として、こんな不注意はあってはならない。

「まぁ、いったいなにがあったのですか。よろしかったら、私にお聞かせ願えませんか？」

「え？」

「いえ。私ごときが聞いたところでなにもお力にはなれませんが、話すことで少しでもお心が軽くなるやもしれません」

逡巡《しゅんじゅん》する私に、サリーはふわりと微笑んでさらに言葉を続ける。

「それに私、先ほど大きな声で叫んだせいか喉がイガイガしていけませんの。たしか、お急ぎではないとおっしゃっておられましたわね？　これからちょうど休憩に入るところだったので、ぜひお茶にお付き合いくださいませ」

……前世も含め、私は思うのだ。

女性たちは皆、妖精のごとくかわいらしい。しかし妖精はそのやわらかな笑みの下に、一本芯が通った強く逞《たくま》しい心を持っている。

「ご一緒させていただこう」

私の行動が原因で喉を潤したいと言われれば、同行を断ることは困難だ。

「はい！」

もちろんマクシミリアン様の『耳なし』に触れるつもりはさらさらないし、大臣らの発言についても具体的な内容を明かす気はない。それでも声を大にして話していい内容ではないから、私はサリーを伴って個室の談話室に向かった。

建前とわかっていながら、一応、途中で食堂に寄ってふたり分のお茶も受け取った。

「――なるほど、大臣の差別的な発言を耳にしてお心を痛めていらっしゃったのですね。ここだけの話、地方創生大臣の行きすぎた獣人至上主義に辟易《へきえき》している者は多いですわ。私の父も大臣の差別的な発言は記録するのが辛いと常々こぼしておりますもの」

談話室でひとしきり話を聞き終えたサリーは、眉間に皺を寄せてこんな風に答えた。

ちなみにサリーの父親は皇宮秘書官で、たしか今は議会の議事録作成を担当していたはずだ。なるほど、大臣の暴言を漏らさず認《したた》めていくのが仕事とあっては、その心痛はいかばかりか。

「それにこう言ってはなんですが、あのボソボソの虎耳と毛抜けで斑《まだら》になったヨレヨレの尻尾にいったいどれだけの価値があると思っているのでしょう。……『そんな虎耳や尻尾は、早々に朽ち落ちてしまうがいい！』と、私は常々思っておりますわ」

サリーは柔和な笑みで、身震いするような恐ろしい発言をする。

しかし、その内容には激しく同意だ！

「本当だよ。いっそ自慢の耳にノミでもくっ付いてしまえばいいのに。あっという間にノミたちの極上の住処《すみか》になるだろうさ」

大臣の耳にひとたびくっ付いたなら、きっとその時は……わわわっ！　想像しただけで、全身がむず痒《がゆ》くなった。

「まぁ。ノミが住処とするのは野良猫などの野生動物ではありませんの？　毎日きちんとお湯に浸《つ》かっている我ら獣人の耳や尻尾にも、住み着くのですか？」

サリーが不思議そうに首を傾げた。

「もちろん、きちんと洗ってさえいれば住み着くなんていう事態にはならない。だけど、虎耳が濡れるのを嫌がる者は案外多いと聞く。髪と外耳は洗っても、耳の内側までは洗わないとかね」

「なるほど！　間違いなくあのボソボソの耳は洗っておりませんわね！」

サリーは合点がいった様子で頷く。

そうしてニンマリとした笑みを浮かべ、口内で何事か呟いた。

「……ヴィヴィアン様のお心を傷つけた罪はとてつもなく重いですわ、覚悟してらっしゃい」

聞かせる意図のない小さな声は口内でくぐもって、その内容はわからない。

だが呟きの直後、背筋にゾクリと寒けが走った。……なんだ？

「それからサリー、さっきの『ノミが住処とするのは野良猫』ってやつだけど、皇宮周辺の野良猫にもうノミはいないよ」

「え？」

謎の悪寒を若干訝しみながら私が野良猫の現状について説明すれば、サリーはキョトンとした顔で首を捻る。

「せっかくの毛皮をボソつかせて不衛生にしているのを見すごせなくてね。自作のノミ除けハーブを使ってブラッシングをしてやったんだ。彼らの毛が今では驚くほど艶やかになっているから、今度撫でてごらん」

「まぁ！　ぜひ、折を見て撫でてみますわ！　……あら。けれど、そうなるとノミは実家近くでたむろする野良猫たちから拝借することになりますわね」

「ごめん、後半がよく聞き取れなくて。なにか言ったかい？」

再び走った悪寒に身震いしつつ尋ねる。

「いえいえ！　独り言ですのでお構いなく。それより、私そろそろ仕事に戻りますわ。

聞かせてくださってありがとう。では、ごきげんよう」

サリーはそう言ってスックと席を立つと、足早に談話室を出ていった。

「ああ、またねサリー」

私には、仕事に戻ると言っていたはずのサリーがその足で午後半休を申請しに行ったことなど知るよしもなかった。

その日の晩も、私はいつも通り政務室から戻ってきたマクシミリアン様のマントを受け取った。

「おかえりなさいませ、お疲れ様でした」

「ああ。……ん？」

受け取ったマントを衣桁《いこう》にかけようと踵を返しかけたところで、突然マクシミリアン様が私に鼻先を寄せた。そのまま私の髪と言わず腕と言わず、至るところでスンスンと鼻をヒクつかせる。

「どうかなさいましたか⁉」

「微かにだが、清涼感のあるいい香りがする」

「あ！　それでしたらハーブスプレーを作っていたので、その移り香ですね。すみません、きちんと着替えておくべきでした」

夕方の休憩時間に底を突きかけていたハーブスプレーを作っていたのだが、煮詰める過程で着衣などに匂いが移ってしまったようだ。

「なに、謝ることなどない。強張《こわば》っていた体がほぐれるようだ」

マクシミリアン様はそう言って、私の首筋のあたりに鼻先を寄せたままスゥッと大きく吸い込んだ。

……もしかすると、マクシミリアン様はお疲れなのかもしれない。

心なしか彼の尻尾もショボンとして張りがなく、その動きも緩慢だ。

「あの、もしよかったらマクシミリアン様の尻尾を、このハーブスプレーを使ってブラッシングさせていただけないでしょうか？　ちょうどポケットにできあがったばかりのスプレーも入れていますので！」

「なに、尻尾をマッサージだと？」

「はい。このハーブスプレーは猫たちの毛を清潔にして艶やかに保つために私が配合したものなんですが、使用したハーブには心をリラックスさせる効果もあります。ブラシをかけながらマッサージすると癒されるはずです」

気付いた時には、ポケットから手のひらサイズのスプレーボトルを取り出しながら提案していた。

この時、私の胸に彼の尻尾に触りたいという下心は微塵もなかった。ただ、疲れた様子のマクシミリアン様を癒してあげたい、その一心だった。

「……ほう」

マクシミリアン様はスプレーボトルを興味深そうに見つめ、考え込むように顎に手をあてる仕草をして頷いた。

その様子を前に、私は自分がいかに大胆な提案をしたのかに思い至り青くなった。

「す、すみません！　尻尾のマッサージだなんて、恐れ多いことを申しました！」

「いや、ぜひ頼もう」

「え？」

「ブラシはそこの棚にある物を適当に使え」

言うが早いか、マクシミリアン様はソファに腰を落とし、尻尾をバサッと投げ出した。

「どうした？　早くやれ」

まるで私を手招くように尻尾の先がちょいちょいと揺れる。

「は、はい！」

弾かれたように棚上のブラシをひとつ手に取ってマクシミリアン様のところに行き、ソファの足もとに膝立ちになった。

念願のモフモフの尻尾を目前にして、鼓動が胸を突き破りそうな勢いで鳴っていた。

……嘘でしょう？　亡き父のように、ブラッシングを許される日を夢見ていた。

それがまさか、こんなに早くに実現するなんて思ってもみなかった。

私は夢心地のまま、モフッと鎮座する垂涎ものの尻尾に向かって手を伸ばした。

「失礼します」

高鳴る鼓動を抑えつけながら、ひと声かけてから大切なものを扱うようにそっと尻尾に触れる。

……う、うっ、うわぁぁあぁぁ～～っ！

ひと撫でした瞬間に、極上モフモフに蕩ける。

なんだこの、この世ならざる幸せモフモフ質感は⁉　これは、反則級にあり得ない！

手指に伝わった多幸感は全身を巡り、思考まで蕩けそうになった。

だけど、それもそのはず。マクシミリアン様の尻尾はブラッシングする前から、ふわふわのツヤッツヤ。とにかく、驚くほど繊細で滑らかな毛質をしていた。

いつもよりちょっと元気がない状態でこれなのだから、元気な時の触り心地はいったいどれほどモコモコなのか。想像だけで、思わずゴクリと喉が鳴る。

なんにせよマクシミリアン様の尻尾は、他の追随を許さぬ天上のモフモフで間違いなかった。

……ダ、ダメだ！　今はモフモフに蕩けている場合じゃない。マッサージに集中しなくっちゃ‼

ともすれば気が遠くなりそうな自分を叱咤して、意思の力でマッサージを開始する。

尻尾の表層にスプレーし、手指で成分が全体に行き渡るように揉み込んでいく。

あ、あっ、あぁあぁあぁ～～。

この揉み込む作業がまた、ビリビリと痺れるように気持ちいい。

……ん？　ビリビリと痺れる？

「あの、マクシミリアン様⁉　尻尾が痺れているようですが、不快感がございますか？」

ビリリと毛を逆立たせ痺れた様相の尻尾に気付き、慌てて声をかけた。

「気にするな」

「でも――」

「気持ちいいとこうなる」

言い募ろうとする私に、マクシミリアン様は早口に答えると、私から隠すようにプイッと顔を背けた。

……気持ちいい？　マクシミリアン様が今、気持ちいいって言ったよね⁉

うわぁぁ～！　ものすごく嬉しい！

私は内心の高揚をひた隠し、雑念を追い払い、一心不乱にマッサージに励んだ。

心なしかマクシミリアン様の頬は紅潮して見えたし、吐き出す息も速いような気がしたが、「いかがですか？」と加減を問えば「大丈夫だ」と返るから、そのままマッサージを続けた。

尻尾も相変わらず、終始ビリビリとしっ放し。しかし、これが「気持ちいい」時の反応だと聞いていればこそ、私はますます丹念に撫で上げて、ブラシで丁寧に梳っていった。

「終了です」

「……ああ、ご苦労。俺はこのまま少し休む。お前はもう下がれ」

フワッとボリュームを二倍に増して艶々になった尻尾をそっとソファに置き終了を告げれば、マクシミリアン様は緩慢にソファに突っ伏して、荒い呼吸を繰り返しながら言った。

「は、はい。では、おやすみなさいませ」

リラックス効果のあるマッサージを施した後なのにどうして息が荒いのか若干怪訝に思いつつ、ボリューム満点になって一層風格を増した尻尾が揺れる様子に満足し、促されるまま退出した。

その日の晩は、マクシミリアン様の尻尾の感触がずっと手に残っていて、歓喜と興奮が収まらず一睡もできなかった。

しかし、眠れないことを辛いとは微塵も感じなかった。

……また、マッサージさせていただく機会が巡ってきますように。

極上のモフモフ質感を思い出しながら、そして次回への期待を抱きながら過ごす夜は、私にとって最高に幸福な一夜となった。

それから三日が経った。

夕方、議会から戻ってきたマクシミリアン様の表情は明るかった。

「おかえりなさいませ」

出迎えた私は、彼の表情と嬉しそうに左右に揺れる尻尾ですぐにピンときた。

「もしかして、なにかよいことがございましたか？」

マントを受け取りながら、極力のさりげなさで水を向ける。

「ああ。今日の議会でこれまで進めてきた婚姻に関する法改正が満場一致で可決されたんだ。これにより『身分を超えた婚姻を認めない』との条文は削除が決定した」

「なんと！　それはおめでとうございます！　僕もその法改正については興味があり、議事録等を読ませていただいておりました」

「ほう、まさかお前が政治に精通しているとは思わなかったぞ」

マクシミリアン様は意外そうな目を向けた。

「いえ、僕が追っていたのはこの法改正に関してのみで、恥ずかしながら政治全般に関してはむしろ疎いです。ご存知の通り僕の生家は弱小貴族ですから、この条文によって結婚相手の選択肢が狭まり、姉様たちは嫁ぎ先を探すのに苦労していましたので」

実家で見てきた事実を伝えると、マクシミリアン様は納得したように頷く。

「そうだったか。……そういえば、お前の長姉にあたるマリエーヌはいまだ独身であったな。この法案が障壁となっていたのなら、今後は良縁が見込めるであろう」

「ええっと、残念ながらそれはないかと思います。他の姉様たちとは違い、マリエーヌ姉様は望んで独り身でいますから」

「望んでだと？　悪いことは言わん、お前から身を固めるようにきちんと言ってやった方がいい。生家にいる今はよくとも、老いた後に女の身で独りとあっては金銭的にも精神的にも苦労があろう。なんなら、俺の方で有望な青年を幾人か候補に立ててやることもできる」

あろうことか、マクシミリアン様は姉様の結婚相手の世話を申し出てくれた。

「マクシミリアン様に候補を立てていただくなんてとんでもない！　それに精神面はともかく、姉様が金銭面で困ることだけは絶対にないですから無理に結婚しなくても大丈夫かと」

思わぬ方向に話が進んでいることに少し焦りながら、慌てて待ったをかけた。

「……ほう。お前の実家はずいぶんと実入りがいいようだな。男爵領の領地収入の他にどんな収入源がある？」

ところが、弱小貴族の私が実家の金満を示唆したため、彼は眉間に皺を寄せて訝しげに訊ねてきた。

……し、しまった！

なんとか誤魔化せないかとチラリとマクシミリアン様を窺い見るが、眼光鋭くこちらを見据える彼を前にして、中途半端な言い逃れは通用しないことを悟る。

これは、きちんと説明しなければ納得してもらえなそうにない。後悔先に立たずとはこのことだ。

「実は――」

私は泣く泣く、姉様が展開する事業について打ち明けた。

「にわかには信じ難いが、お前の言葉が嘘偽りでないことは瞭然で、それが事実なのだろう。俺は皇帝位にあって普段から物事には動じぬ方だが、聞かされたマリエーヌの辣腕ぶりには驚き心底感服している。お前の長姉は、本当にたいした女傑だ」

すべて聞き終えたマクシミリアン様は、驚きを隠せない様子でマリエーヌ姉様をこんな風に評した。

「ともあれ、規格外の長姉以外、他の姉たちには結婚に際し苦労をかけたな。だが、それももう終わりだ」

マクシミリアン様がマリエーヌ姉様についてそれ以上の追求をせず、今日の議会に話題を戻したことに、内心でホッと安堵の息をこぼした。

そうして私は、可決を喜ぶ一方で、ずっと脳内に浮かんでいた疑問をぶつけた。

「……けれど、満場一致とは意外ですね。地方創生大臣や財務大臣は、反対の立場を示していたと思うのですが」

「反対派の筆頭だった地方創生大臣と財務大臣、もう一名強固に反対を表明していた識者は、今日の議会を欠席した。どうやら彼らが事前に会合した際、そこの敷物にノミが付着していたらしい。三名とも耳ノミ症に罹《かか》り、虎耳が大変な状況になっているそうだ」

「えっ⁉　耳ノミ症ですか⁉」

聞かされた瞬間、脳内に三日前にしたサリーとの会話が思い浮かぶ。

っ！　間違いない‼　これには十中八九、サリーが関係している――！

思い至れば、スーッと全身の血の気が引いた。

「おい、ヴィヴィアン。お前、顔色が悪いのではないか？」

……本当は、違和感の芽はあの時から感じていた。私は彼女との会話の中で、二回も謎の悪寒に体を戦慄《わなな》かせていたのだから。

「い、いえ！　耳ノミ症とはあまり多い症例ではないので少し驚いただけです。なんでもありません。それで、三人の症状はどうなんですか？」

本当は気が遠くなりそうだったが、気力を寄せ集めてなんとか平静を装う。

一瞬、正直に打ち明けようかとも考えた。だけど、万が一にもサリーに咎め立てがあってはならないと思い直した。

結局、私は当たり障りのない質問をする。

「地方創生大臣の症状は外耳道炎に発展して重篤で、虎耳の除去手術になったそうだ。財務大臣と識者は抗生剤の投与で快方に向かっているらしい」

よ、よかったぁ‼ ……いや。決してよくはないのだが、聞かされた財務大臣と識者の無事に、ひとまず安堵の胸を撫で下ろした。

折を見て、ふたりのお見舞いに行ってみよう。……え？ 地方創生大臣はいいのかって？

ふっふっふっ。彼については、……あえてノーコメントだ！

「そうでしたか。早く回復されるといいですね」

「あぁ。かなり不可解な決着ではあったが、これで我が国の婚姻事情も国際社会に一歩近づいたと言える。アンジュバーン王国との国交正常化交渉にも間に合った。大臣らの手前声を大にしては言えんが、いい結果になった」

「はい！」

マクシミリアン様の「いい結果になった」という結びの言葉に、私も自分を「これでよかったのだ」と納得させた。

翌日、私は早速自宅療養中の財務大臣・シルバさんの屋敷の玄関先にいた。罪悪感に苛まれて気が気でなく、なんとか業務に都合をつけて様子を見にきたのだ。

奥様が感じよく出迎えてくれ、見舞いの旨を伝えたら、シルバさんが休んでいるという居間へと快く案内してくれた。

「居間にいらっしゃるとのことですが、もう横になっていなくて大丈夫なのですか？」

「あらあら、あの人はそんなヤワじゃありませんのよ。もうピンピンしておりますわ。そもそも、ちょっとやそっと耳が爛《ただ》れたくらいでオーバーに騒ぎすぎたのですわ。まったくお恥ずかしいったら」

コロコロと笑って答える奥様はどことなく婆やを彷彿《ほうふつ》とさせて、私は一瞬で彼女に好感を抱いた。

ただし、名家の出身であろう奥様の頭には婆やにはないふたつの小さな虎耳があり、背中には尻尾が揺れている。奥様によく似合いの短めで丸っこいキュートな尻尾だった。

「あなたー！ かわいらしいお客様がいらしてくださったわよ！」

「こらこら、騒々しいよ。まったく君って人は、何度言っても……っと、おや？ ヴィヴィアン殿ではありませんか」

シルバさんは奥様の後ろに私を認めると、意外そうに目を瞠った。

「お加減はいかがですか？」

耳に巻かれた包帯がなんとも痛々しく、罪悪感に胸が締め付けられた。

「抗生剤がよく効いてな、もう痒みはないし爛れも随分とよくなっている」

「そうでしたか！　よかった‼」

安堵を滲ませる私に、シルバさんは感動した様子でスッと目を細くする。

「……なんと。儂の耳ノミ症をそんなに心配してくださっていたとは、ヴィヴィアン殿はまるで天使のようにお優しいのだなぁ」

……天使？　いいや、私の所業は悪魔のそれだ。

シルバさんの眼差しが、後ろ暗い我が身にこたえる。私の良心が、狂おしく叫びをあげる。

「ごめんなさいっ‼　実は――」

ついに耐え切れなくなり、気付けば直角に腰を折ってシルバさんに事の顛末《てんまつ》を打ち明けていた。もちろんサリーの名前は伏せ、彼女を衝き動かす原因を作った私の言動を詫《わ》びた。

「――と、こういうわけでシルバさんの耳ノミ症の原因は私なんです。本当に、申し訳ありませんでした！」

すべてを告白し、平身低頭で謝罪する。

「ははは っ！　なんとなんと、これはすっかりヴィヴィアン殿にお灸《きゅう》を据えられてしまいましたな」

厳しい叱責を覚悟して身構える私の頭上で、シルバさんの高らかな笑い声が響く。

驚いて見上げれば、白い歯をこぼすシルバさんと目線が合った。

「怒っていないのですか？」

シルバさんの反応があまりにも予想外で、思わず問いかける。

「そもそもこれは儂らの身から出た錆《さび》、あなたに怒る筋合いはない。政務エリアの回廊という往来の場でゴルドと踏み込んだ会話をしたのは明らかに不適切で、儂らの落ち度だ。さすがにゴルドがあの場で陛下のお耳について言及するとは思わなかったが、それも儂の想像力が足りなかったこと。儂にもゴルドにも、いい薬となった」

地方創生大臣にはいい薬というよりも、かなり苦い薬になっただろうが……。

もろもろの動揺が隠しきれず瞬きを繰り返していたら、奥様に横からポンッと肩を叩かれた。

「聞かせていただいたわ、そもそもの発端は迂闊《うかつ》な主人たちじゃないの。自業自得なのだから、あなたが気に病む必要はないわ。それからね、主人たちの議会欠席によって『身分を超えた婚姻を認めない』との条文削除が決定したでしょう。実を言うとね、これによって私たちの息子が救われているのよ。……いえ、もしかすると本当の意味で救われたのは、息子ではなくこの人なのかもしれないわね。ねぇ、あなた?」

私は奥様の言葉に首を捻った。

奥様から水を向けられたシルバさんを見ると、眉尻を下げ困ったような、都合が悪いような、なんとも表現し難い顔をしていた。

「息子がね、以前から屋敷の下働きの娘と親しげにしているのはうすうす気付いていたの。その娘が子を宿したと、四日前の夜に息子から聞かされたわ」

四日前というと、私が政務エリアでふたりの会話を聞いた日だ。

「だけど現在の法律では、農家出身の娘を我が伯爵家の嫁には迎えられない。息子もそれをわかっていて、『法が改正されなかった時は、自分が出ていく。この家に妻として迎えることができなくとも、町に下りて三人で所帯を築く』と意志は固かったわ」

「……『獣人の未来』と『息子の結婚』、このふたつを前に儂は迷った。しかし一政治家として、こんな私的な理由で意思を覆すことはできないと心を鬼にし、改めて法改正反対の決意を固めた。……ところが実際には儂が票を投じることはなく、結果的に家族も失わずに済んでいた」

「私はね、息子たちと共にこの家を出ていくつもりでいたの。主人がそんな非道を貫くのなら、もう家族ではいられない。政治家として勝手にひとりで生きていったらよろしい、ってこう思っていた。そうしたらまさか、耳の病気で議会を欠席ですって。……まったく、あなたは昔からここぞという時に運のいい人ね」

奥様はヤレヤレというように肩をそびやかし、愛しさと呆れが半分半分といった目でシルバさんを見た。

「その通りだ。儂はいつだって運がいい。君を妻に迎えられたことも。こうして家族を失わずに済んだことも。……今回の法改正で、獣人の血は一層薄くなるだろう。それは当家も例外でなく、息子の選んだ嫁の家系はざっと数百年遡ってみても耳と尻尾を持つ先祖まで行き着かん。おそらく孫は、耳と尻尾を持たんで生まれるだろう。儂自身、それを残念に思う心はゼロではない」

シルバさんは一旦言葉を途切れさせ、再び重く口を開いた。

「儂はかつて『血が薄まれば、獣人としての尊厳や誇りといったものも共に薄まり、獣人国家は立ち行かなくなってしまう』と声高に主張して憚《はばか》らなかった。その思いは今も変わらず胸にある。一方で、耳と尻尾がなかろうが、純粋に孫の誕生は喜ばしい。法改正は既に決定したが、儂はいまだこのふたつ思いの狭間にあって答えに行き着けていない。そしてこの思いに折り合いをつけて昇華させるには、もう少し時間がかかりそうだ」

「ふふふっ、あなたって昔から運がよくて、そしてとっても頑固な人。でもいいわ、あなたには、病気療養の間に時間だけはたっぷりあるんだもの。ゆっくりと考えて、あなたなりの結論を出したらいいわ」

奥様は力なく丸まったシルバさんの背中を抱きしめて微笑んだ。

この後、私は奥様が淹《い》れてくれたお茶と手製のラズベリーパイをご馳走になり、手土産と見舞いを兼ねて持ってきたハーブスプレーを手渡した。

奥様はハーブスプレーを大層喜んでくれて、詳しく尋ねてきた。

「これをかけてから、普段通りにブラシをあてればいいの？　マッサージっていうのは、具体的にどんな風に行うの？」

「もしよかったら、奥様の尻尾をマッサージさせていただきましょうか？」

「ぜひやっていただきたいわ！　こちらのソファでお願いしてもいいかしら」

私の提案に奥様は大喜びで、ソファに移動した。シルバさんも興味津々の様子で後ろから付いてきた。

そうして私がマッサージを始めた瞬間、奥様はとろんと蕩けた目をして気持ちよさそうに尻尾を揺らした。

「なんて夢心地なんでしょう。こんなに気持ちいいブラッシングは初めてよ」

「喜んでいただけて僕も嬉しいです」

丁寧にハーブスプレーを揉み込んで、借りたブラシをあてていく。

……ふふっ。毛がふわふわになった。

ブラシを通すごとに、毛が見違えるように艶やかになっていくのがわかった。

「あぁ、気持ちよかったわ。ねぇヴィヴィアン様、あなたにはブラッシングの天性の才がおありよ！　間違いないわ、だってあなたの手は身も心もぐずぐずに溶かしてしまう。まさに魔法の手よ！」

マッサージの終わりに、奥様が目をキラキラと輝かせて言った。

「ヴィヴィアン殿、儂も尻尾のマッサージをお願いしていいだろうか⁉」

横で見ていたシルバさんがゴクリと喉を鳴らしたかと思ったら、勢い込んで頼んできた。

「もちろんです。ではいきますよ」

「……ぬぁあ、たしかにこれは夢心地だな」

シルバさんも私がひと撫でした瞬間に、うっとりと呟いて、ゆらーりゆらーりと尻尾を揺らした。

「よかったです。そのままリラックスしてらしてください」

「うむ……。はぁ、こりゃあ極楽だ」

マッサージを終えた時、ちょっと元気がなかったシルバさんの尻尾は見事に張りとコシを取り戻し、艶やかにボリュームを増していた。

「ヴィヴィアン殿、あなたとはもっとゆっくり話がしたい。これに懲りず、また遊びに来てくれないか」

「はい！　必ず訪ねさせていただきます！」

こうしてマッサージの終わりにはすっかり夫妻と打ち解けて、再訪を約束して屋敷を後にした。

ちなみにこの後、奥様から『ヴィヴィアン様はブラッシングの天性の才を持っている。魔法の手でひとたび尻尾のマッサージをされたなら、身も心もぐずぐずに蕩けるような夢心地になれる』と、こんなうわさが皇宮中に広まり、マッサージを求める貴族らで長蛇の列ができあがることになるのだが、今はまだ知るよしもない。

＊＊＊

アンジュバーン国王を迎えるこの日、皇宮の尖塔《せんとう》ではヴィットティール帝国とアンジュバーン王国のふたつの国旗がはためいていた。両国の国旗が晴天の空を悠々と泳ぐ様は、見る者に両国の明るい展望を予感させる。

国中が歓迎ムードに沸き上がる中、ついにアンジュバーン国王ガブリエルを乗せた馬車列が皇宮の正門をくぐった。

皇宮の玄関ホールには正装で着飾った高官らが緊張の面持ちで立ち並び、ある種独特な緊張感が漂っていた。

馬車が停車し、ガブリエルが降車すると、俺はすかさず進み出て形式的な口上で出迎える。

「ガブリエル国王陛下、遠路はるばるよくいらしてくださいました。貴殿に会えるのを心待ちにしておりました」

ガブリエルは南国出身らしい日に焼けた肌に、赤茶色の短髪とヘイゼルの瞳を持つ筋骨隆々の大男だ。よく通る大きな声で話し、よく笑う彼は、豪胆な見た目から大雑把な性格と思われがちだが、本質はそうではない。

俺はかつて彼と寝食を共にしたからこそ、よく知っていた。豪快に笑みを浮かべながらもヘイゼルの目はいつだって眼光鋭く周囲を観察しているし、脳内では常に情報を精査分析して知略を巡らせている。ガブリエルは大雑把とは対極、隙のない切れ者だ。

「マクシミリアン皇帝陛下、貴国の手厚い歓待に驚いております。今日という日は、きっと両国にとって歴史的な一日になるでしょう」

ガブリエルもそつなく感謝の意を示し、俺たちは手と手を取って熱く握手を交わす。

そうして互いの距離が縮まったところで、周囲に聞こえぬよう飾らぬ言葉で小さく囁き合う。

「マクシミリアン、久しいな」

「ガブリエル、お前も元気そうでなによりだ」

「積もる話もある。後で一杯どうだ？」

この後は、大広間でガブリエルを歓迎する晩餐会《ばんさんかい》が予定されている。豪華な料理の他に美酒も多く揃えているが、彼の言う「後で一杯」はもちろんそれではない。

「部屋にとっときの酒を用意してある」

「ハッ、準備がいいじゃねえか」

俺の答えにガブリエルが日に焼けた肌に白い歯を光らせる。

「堅苦しい晩餐会の席では、耳触りのいい上っ面の話しかできんからな」

「言えてら」

夜の再会を目と目で確認し合い、握手を解いた。

ガブリエルは、交渉相手と考えると決して生易しい人物ではなかったし、これから三日間に及ぶ国交正常化交渉では難航が予想された。

しかし今は、旧友との久方ぶりの再会に純粋な嬉しさが先に立つ。きっとガブリエルも思いは同じだろう。

実際、俺を映す彼の瞳に険はなく、かつて共に諸国を巡っていた時のように穏やかな光をたたえていた。

＊＊＊

今日の午後ガブリエル陛下を皇宮にお迎えし、表面上の華やかさとは対照的に裏方は息つく間もない大忙し。上を下への大騒ぎになっていた。

マクシミリアン様の身の回りをお世話する私も例に漏れず、衣装や装身具の管理などで多忙を極めた。

……とほほ。まさか、最終確認で晩餐会用の装身具に不備が見つかるなんてなぁ。

代わりの手配が間に合ったのはよかったけれど、おかげで私はガブリエル陛下の到着に立ち会えなくなってしまった。両国トップの対面という歴史的瞬間を見逃したのは、正直残念でならなかった。

さらに、私は今も衣装部屋から持ってきたマントを手に、足早にマクシミリアン様の居室に向かっていた。歓迎式典や視察などシーンごとの衣装を誂えるのは衣装係だが、予定に応じてそれらを居室に揃えるのは近習である私の仕事なのだ。

ちなみにこの時間、マクシミリアン様は晩餐会に参加していて部屋にはいない。しかし近習は、身の回りの手入れのために入室が許されていた。

私は主不在の室内に入ると、真っ直ぐに明日の衣装が準備されている奥のクローゼットに向かう。衣桁にかかったマントを見て、ひとり納得して頷く。

……うん！　やっぱり明日は、こっちの厚地のマントを羽織っていただいた方がいい。

私は衣桁にかかる薄手のマントを取り上げ、新しく持ってきた厚地のマントを皺が寄らないように丁寧にかけた。

――カタン。

「ヴィヴィアン、まだいたのか。今日は下がっていいと言ったはずだが」

後ろで物音がしたと思ったら、少し驚いたようなマクシミリアン様の声があがった。

「すみません。一旦下がらせていただいたのですが、明日の視察時間の変更を伺い、マントを厚地の物と取り替えておりました」

実は、日中に予定されていた市場の視察が、ガブリエル陛下の希望を受けて急遽《きゅうきょ》一番賑《にぎ》わう朝の時間に変更になったのだ。日中ならば衣装係が用意したこの薄手のマントでよかったけれど、春のこの時期は朝晩がまだ冷える。

従業者食堂で偶然行き合った侍従長からこれを聞かされた私は、誰に指示をされたわけでもないが衣装部屋に走っていた。マントについて思い至ってしまえば、いても立ってもいられなかったのだ。

なにより、朝の時間に慌ただしくするより、あらかじめ用意を済ませておいた方が、マクシミリアン様に少しでも長く休んでいただけると思った。

「交換も済みましたので、僕はこれで下がらせていただきま――」

振り返って事情を説明しながら、ふとマクシミリアン様の後ろに第三者の存在を認める。

……え⁉　マクシミリアン様の一歩後ろから私を見下ろす人物は、筋骨隆々の逞しい体躯に、アンジュバーン王国の民族衣装であるカフタンと呼ばれる前あきの長衣を身に着けていた。カフタンはひと目で一級品とわかる絹のつづれ織りで、裾には銀糸で緻密な刺繍があしらわれていた。

しかし衣装よりなにより、赤茶色の短髪とヘイゼルの瞳、蜂蜜色の肌をした人物はその存在感が際立っていた。名乗りを受けずとも、すぐにその正体が知れる。

ガブリエル陛下だ……‼

目を丸くして固まる私に、その人はズイッと顔を寄せると、白い歯を見せてニッカと笑う。

「ほぉー！　こりゃあかわいい坊主じゃねえか！　その顔はもう察しがついていそうだが、俺はアンジュバーン国王ガブリエルだ。お前の名は？」

「ヴィヴィアンと申します」

一国の王様と考えれば気さくすぎる態度に困惑しつつ、礼を欠かぬよう優美に腰を折って名乗った。

「そうか。ではヴィヴィアン、お前が酌をしろ」

「え……⁉　お酌、でございますか？」

続いて告げられた要求に、ますます戸惑いが募る。

するとマクシミリアン様が、ガブリエル様の目から私を隠そうとでもいうように間に割って入った。

「やめろガブリエル、ヴィヴィアンは酌婦ではない」

マクシミリアン様は厳しい口調でガブリエル様に対する不満を露わにした。そうして私にチラリと目線を寄越すと早口に告げた。

「お前はもういい。自室に戻って休め」

「おいおいマクシミリアン、なにをそうムキになる？　いくらそこの坊主が美丈夫だからと、俺とて最低限の分別は弁《わきま》えているぞ。今日の酒盛りで女の接待は求めちゃいないし、ましてや坊主に遊び女の真似事をさせようなど思ってもいない。単に、手酌は好まんというだけだ。なにより俺の趣味は、豊満で乳のでかい女だ！　いくら美人でも、鶏ガラには食指が動かん！」

ガブリエル様はマクシミリアン様の言葉を笑い飛ばして自論を展開した。その中で特に強調されたのは女性の趣味の部分だ。

……なぜ「酌をしろ」の要求から一気に「遊び女」へと話が飛躍しているのかはあえて聞くまい。私だって「英雄色を好む」という、名（謎）言はちゃんと知っている。

とにもかくにも、ガブリエル様がかなりおもしろい方だというのはわかった。さらにふたりのやり取りからは、単なる既知という以上の親密さが見て取れた。

「では、僭越《せんえつ》ながら僕がお酌を務めさせていただきます！」

「おい⁉ ヴィヴィアン！」

「だってマクシミリアン様、早朝や深夜でも近習が主に同席するのは普通のことですよね。なんらおかしいことではありません」

私の言葉にマクシミリアン様は驚いたように目を瞠り、唇を引き結んだ。

「ははは、坊主は見た目に違《たが》わずしっかりしている！　これではどちらが主人かわからんな！　マクシミリアン、今回はお前の負けだ。さっそく『とっときの酒』とやらで再会の祝宴といこうじゃねえか！」

「わっ⁉」

「おい……⁉」

ガブリエル様は高らかに笑いながら、マクシミリアン様と私の背中を押して手前の応接スペースに足を向ける。

私は途中、抱えていたマントを汚さないように手近な棚の上に置いた。

「……待て。今日は星が美しい、テラスで飲もう」

マクシミリアン様は諦めたようにチェストから酒瓶と杯を掴《つか》むと、顎先で居室の奥に続くテラスを示す。

「おぉっ！　星見酒たぁ、おつじゃねえか！」

ガブリエル様は嬉々として、行き先をテラスに変えた。


満天の星々の下、ふたりは既に何杯目ともわからぬ杯をあおる。

ふふふっ。私はピクン、ピクンと時折跳ねながら揺れるマクシミリアン様の尻尾を横目に見て、ひとり口もとを緩ませた。

これは初めて知ったことなのだが、お酒が入るとマクシミリアン様の尻尾は、普段よりもよく動く。

どうやらそれは本人の意思によるものではなく、無意識に動いているらしく、反射的に跳ねるようにピクンピクンと揺れるのだ。

モコフワの尻尾が動いているのはそれだけでものすごく魅力的で、私はお酌の合間にチラチラと眺めて楽しんでいた。

正直満天の星々を見ているよりも、よほど目に楽しかった。

……それにしても、ふたりともよく飲むなぁ。

空いた杯にすかさず酒瓶を傾けて、琥珀色の液体を注ぐ。ふわりと鼻腔を擽《くすぐ》る濃厚な酒精の香りに、実際に喉を潤さずとも酔いが回ってきそうな錯覚がした。

「それにしても、こうしてまたお前と酒を酌み交わす日が来ようとは思ってもみなかったぜ」

ガブリエル様が杯の脚をゆるく回して中のお酒を揺らしながら、感慨深げにこぼす。

「そうだったのか？　俺はてっきりお前からヴィットティール帝国来訪の打診を受けた時、また酒でも飲みたくなったのだろうとピンときたがな」

「はははっ。独裁を自負する俺でも、さすがにお前と酒が飲みたいがために鎖国の解消に舵《かじ》を切るほど、考えなしの君主じゃねえぜ」

「お前が独裁者だろうと考えなしだろうとどうでもいいが、ヴィットティール帝国との国交正常化はぜひなしておくのがいいぞ」

ふたりの会話は尽きなかった。特にマクシミリアン様はお酒が入ったからか、ガブリエル様との久方ぶりの再会に興奮してか、常になく饒舌《じょうぜつ》だった。

「なぜだ？　それをして、俺にどんな利がある？」

「国交があれば思い立った時に、こうして俺といつだって酒が飲める。どうだ、なかなか悪くないだろう？」

「ハッ！　お前は相変わらず調子のいいことしか言わん」

ガブリエル様は肩をそびやかす真似をしながら、ヤレヤレといった様子でため息をつく。

そうして、ゆらゆら揺れるマクシミリアン様の尻尾をジッと見つめたかと思えば、突然ペンッと叩く。

……おお、ガブリエル様がマクシミリアン様の尻尾にちょっかいを出している！

「おい、尻尾を叩くな」

不満げにこぼすマクシミリアン様の尻尾は本人の感情をそのまま映し、ブワワッと逆立っていた。

「ハッハッハ！　すまんすまん。随分と揺れているから、つい」

ちょっとワクワクしつつ、ふたりのやり取りを見守る。

それにしても、私が知るマクシミリアン様は、どう転んでも『調子のいいことしか言わん』などと表される人ではない。初めて目にするマクシミリアン様の姿に、私は驚きが隠せなかった。

同時に、思っていた。ひょっとすると、周囲の者に対して終始冷徹で厳しい態度を崩さない彼の本質は、もっとずっとまろやかで優しいのかもしれない。

そんな風に考えれば、マクシミリアン様の厳しい態度の中には、多くの優しさや気遣いが垣間見えた。近習の勤務初日には『お前は細すぎるからな。残さずに食えよ』と言って、私を食事の席に誘ってくれた。今だって、遅い時間のお酒の席から私を遠ざけようとしてくれたのだ。

もしかすると、彼の厳しさは己を守るために纏った鎧なのかもしれないと、そんな思いがよぎる。私は軽口で笑い合うふたりを横目に、胸にこれまで感じたことのないざわつきを覚えていた。

……鎧を脱ぎ去った本来の彼とは、果たしてどんな人なのだろう?

「おいヴィヴィアン、お前も酒を注ぐばかりではつまらんだろう。俺が許す、一緒に飲め！」

え⁉　すっかり物思いに耽《ふけ》っていた私は、ガブリエル様から突然水を向けられて、咄嗟には反応ができず固まった。

そうこうしているうち、手の中の酒瓶がガブリエル様に奪われてしまう。そのままあれよあれよという間に琥珀色の酒をなみなみと注いだ杯が目の前に差し出された。

「こいつぁ巷ではなかなか飲めん上酒だ、飲んでおいて損はねえぜ！」

ガブリエル様は私の背中をバッシバッシと叩きながら上機嫌に笑う。お酒によって笑い上戸に一層拍車がかかっているようだった。

「で、では、一杯だけ。頂戴いたします」

無下に断ることもできず、おっかなびっくりに杯の長い脚を掴む。

「おうっ、グイッと飲め！」

……え、グイッと？

「っ、待てヴィヴィアン‼　その酒は——」

ガブリエル様に言われるまま手にした杯をグイッと傾けたのと、マクシミリアン様の鋭い制止の声が空《くう》を割ったのは同時だった。

「っ⁉」

口にした瞬間、発火でもしたみたいにボンッと全身が熱くなる。目の前の景色もグニャリと撓み、ぐるぐると視界が回っていた。

まともに座っていられず椅子から崩れ落ちそうになったのを、横から伸びてきた逞しい腕が支えてくれた。しかし、既に私は満足に目を開けているのが難しい状態で、支えてくれるその人に感謝を伝えることはおろか、その顔を見ることも叶わない。

一枚壁を隔てた向こう側でマクシミリアン様の声が聞こえていたような気もしたが、遠のく意識はわずかに機能していた聴力すら奪っていく。

意識がのみ込まれる直前、やわらかいモコフワの毛皮に包み込まれたように感じた。

……これって、マクシミリアン様の尻尾の感触だ。あぁ、モフモフで気持ちいいなぁ――。

こんな風に思ったのが最後。私は抗《あらが》う術《すべ》もなく温かな腕に身を委ね、完全に意識を手放した。

＊＊＊

俺はヴィヴィアンが椅子から転がり落ちる直前で、腕に抱き止めた。腕だけでなく尻尾も反射的にヴィヴィアンに向かって伸び、その体に巻き付いていた。

一瞬で酔いは醒めて、彼にきちんと目をかけていなかったことを深く後悔した。

ガブリエルや比較的酒に強い俺でこそガバガバと飲んでいたが、この酒は我が国では火酒と評されるほどアルコール度数の高い酒だ。

酒を飲み慣れぬ者が多量に含めば、一気に酒が回って卒倒することは十分に考えられる。安易に勧めていい代物ではない。

「大丈夫か⁉　おいヴィヴィアン！」

必死の呼びかけに、目を回したヴィヴィアンは答えない。

しかし、ふやけた顔をして俺の尻尾を握り込んでいるのを見るに、どうやら命にかかわる深刻な状況ではないようで、その一点には安堵する。

「あちゃー。どんだけ酒に弱いんだよ。まぁ、これもいい経験だな！　はははははっ！」

伸びてしまったヴィヴィアンを覗き込み、のんきに高笑いするガブリエルに殺意が湧く。

「笑いごとではない！　こんなに強い酒を、年少者に勧める馬鹿があるか⁉」

「おいおい、俺がそんなん知るかよ。俺の国じゃガキの頃から水代わりに酒を飲む。この程度なら十歳を超えりゃ誰でも飲んでんだろうが」

「ふざけるな！　ここはヴィットティール帝国だ、お前の国の者と一緒にするな！」

ムッとした表情で唇を尖らせるガブリエルを横目に、俺は力の抜けたヴィヴィアンを横抱きにした。

っ⁉　抱き上げた瞬間、そのあまりの軽さに驚いて体が跳ねた。

十五歳の少年が、この軽さはあり得んだろう……⁉　俺の右手のひらで支える彼の背中はうっすらと背骨が浮かび、今にも折れてしまいそうに細い。ひざ下に差し入れた左手に感じる両腿も、スラリとして厚みがない。

しかし、こうも困惑しているのはその軽さばかりが理由ではなかった。彼はその細い見た目からは想像できないほどやわらかいのだ。さらに、そこはかとなく香る甘やかな芳香はなんなのか……。

体温が上がり、ジンジンと頭が痺れる。血の巡る音がドクンドクンと煩いくらいに鼓膜に響いていた。

初めはその華奢すぎる体格に、ヴィヴィアンが今にも儚《はかな》くなってしまうのではないかと心配になった。けれど今は己の内から湧き上がる自分本位な欲望が俺を当惑させた。

彼の軽さとやわらかさが、猛烈に俺の性感と背徳感を刺激する。ぞわぞわとした性的な高揚を覚えながら、ゴクリと生唾を飲み込んだ。

「ほーぅ。なるほどな、そういうわけだったか。やっと合点がいったぜ」

ヴィヴィアンを抱き上げた体勢で固まる俺を見上げ、ガブリエルがわけ知り顔でこぼす。酒盛りの最中ならいざ知らず、酔いが醒めた今、彼のニヤニヤと緩んだ笑みは少々不愉快に感じたし、納得しきりの物言いも耳障りだった。

「どういう意味だ」

眉間には皺が寄り、問いかける声も自ずと低くなった。

「ハッ！　なぁに、隠すこたぁねえ。お前がその近習に向ける目は、物欲しそうな男のそれだ」

っ‼　耳にして心臓が縮む。

俺自身、自覚したばかりの内心を言い当てられた動揺は大きかった。

「おいおい、そんなこの世の終わりのような顔をするこたぁねえぜ。一国の君主としちゃあ少々問題だが、そこは割り切って世継ぎを産んでくれる女を名目上の妃に据えりゃあいいだけの話だ。俺は少年趣味に偏見なんか持っちゃいねえし、むしろ、それだけの匂い立つような美少年なら俺だって一度くらいはご相伴に――」

「そこまでにしておけ。ヴィヴィアンへのこれ以上の侮辱は、たとえお前でも許さん」

ガブリエルが続けて語る下品な物言いとヴィヴィアンに向ける下卑た眼差しに、我慢ができなかった。

言葉尻を遮って語気を荒らげる俺に、陽気だったガブリエルの空気が一瞬で張り詰めたものに変わる。彼の目が険を帯びて細まり、不満げに俺を睨《ね》めつけた。

しばし、俺とガブリエルの目線が絡む。

先に視線を逸《そ》らしたのはガブリエルだった。

「ざまぁねえぜ。いつの間にか俺たちが、酒の席で軽口も叩き合えねぇ仲になっちまってたとはなぁ」

ガブリエルは杯に残った酒をひと息であおると空を見上げ、特大のため息と共にこぼす。

彼の囁きに一瞬で頭が冷えた。

かつて共に旅をしていた時分、若く血気盛んだった俺たちは酒が入れば、今よりもっと卑猥《ひわい》な話にも花を咲かせていた。しかしそれらは多くを語り合い、笑い合ってきた話題の中のほんの一端にすぎない。俺たちはどんな内容でも腹を割って話ができる、気の置けない間柄だったのだ。

「……すまない、ガブリエル。だが、ひとつだけ釈明させてくれ。俺の中で、お前が気心が知れた大事な友だというのは、今でも一切変わっていない」

「なに。俺も酒が入って、少々口がすぎたようだ。お前と飲む酒はうまく、まるで共に各地を旅していた当時のような気分で、すっかり互いの上に流れた年月を忘れていたさ」

ここでガブリエルは一旦言葉を途切れさせ、満天の星々から俺へと目線を戻す。そうしてゆっくりと口を開いた。

「俺にとってもお前は大切な友だ。しかしかつて共に旅をしていた頃とは、互いの立場も大きく変わった。俺もお前も、今は守るべきものが多い。昔のままの友達ごっこをしていては、一国がゆく道を誤るやもしれん。……マクシミリアン、アンジュバーン王国の未来について冷静な判断を下すため、今回の滞在中にお前と非公式の酒を酌み交わすのはこれが最後だ」

理性の部分では、正論とわかっていた。しかし、交友にひとつの区切りをつけられてしまったようで一抹の寂しさは禁じ得ない。

俺はずっと、皇宮という閉ざされた世界の中で、耳なしの十字架を背負い孤独の道を歩んできた。いっとき飛び出した外の世界は、そんな俺に自由と心許せる友を与えてくれた。

ところが皇宮に戻って皇帝という地位に就くと、手にしたはずのそれらは指の隙間からこぼれ落ち、流れていってしまう。まるで俺というハリボテの存在を嘲笑《あざわら》うかのように……。

「おいおいマクシミリアン、伸びた近習をいつまでそうしておくつもりだ？　酒宴はもうお開きだ。さっさとそいつを横にして、茹蛸のような顔でも冷やしてやるといい」

「すまんな。俺は行かせてもらうが、客間まで案内するよう外の近衛に言付けておく」

客人をひとり残して行くことには後ろ髪引かれたが、腕の中のヴィヴィアンを一刻も早く介抱してやりたかった。

「いらん、いらん。三部屋先の客間の場所くらい覚えている。もう少しひとりで飲んだら適当に引き上げるから、俺のことは気にせんでいい」

「そうか、わかった。それからガブリエル、さっき言っていた『友達ごっこ』などしなくとも、明日以降の視察でお前が我が国の現状を知れば、自ずと国交は開かれるはずだ。俺たちが再び杯を交わす日もそう遠くない」

「はっ！　やはりお前は昔から調子のいいことしか言わん」

俺の言にガブリエルはヒョイと肩をそびやかし、白い歯を見せる。その目から先ほどの険は感じなかった。

「おかしなことだ、俺はいつだって実現可能と思うことしか言わん。では、また明日に」

ヴィヴィアンを深く腕に抱き直すと、手酌で杯に酒を注ぎだすガブリエルを残してテラスを後にした。

ヴィヴィアンには使用人棟ではなく、俺の居室と同じ区画に部屋を与えていた。扉の前で足を止めると、意識を失った彼を片腕に抱え、空いた手でドアハンドルを引く。ヴィヴィアンは体温が上がっているようで、顔だけでなくシャツから覗く首もとまで桃色に染まっていた。その様は初々しい少女のようだった。

「部屋に着いたぞ」

奥の寝台に向かいながら声をかけるが、ヴィヴィアンはハフハフと熱い吐息をこぼすばかり。俺はガラス細工を手にするような丁寧さで、彼を寝台に横たえる。

そうして呼吸が楽になるようにシャツのリボンを解くと、汗が浮かんだ首もとにそっと手巾をあてがってやる。するとヴィヴィアンがむずかるように身じろぎし、首筋で珠《たま》を結んだ汗がツーッと胸の方に伝っていった。

胸や背も拭いてやろうと解けたリボンの下にあるボタンへと指を伸ばす。小さなボタンを外すほんの些細《ささい》な動作が、なぜか痺れるくらいの緊張感を伴った。

息を詰め、やっとひとつ目のボタンをボタンホールにくぐらせた。襟ぐりがハラリと緩み、細い首からクッキリと浮かぶ鎖骨が現れる。二番目のボタンにかけようとしていた指がピクリと跳ねた。

指先が掠めたヴィヴィアンの肌は滑らかで、しっとりと吸い付くよう。さらに火照りを帯びて淡く桃色に色づいた肌からは芳しい香りがふわりと立ち昇り、鼻腔を甘く擽る。

夜の静寂にドクンドクンと速い俺の鼓動とヴィヴィアンの艶《なま》めかしい吐息が響く。

彼が醸す圧倒的な色香にくらくらとめまいを覚えながら、その一瞬、俺の脳裏をひどく倒錯的な妄想がよぎった。

彼の襟ぐりを大きく開き、その瑞々しい肌に顔を埋《うず》めて俺の舌で汗の雫《しずく》を――。

っ⁉ こいつは男だぞ、俺はなにを血迷っている⁉

俺自身がした想像の異常性に、頭をハンマーで殴られたかのような衝撃におののく。

弾かれたようにヴィヴィアンのシャツから手を離すと、二番目以降のボタンは外さぬまま手巾を押し当てて、鎖骨の上の窪みで結ばれた汗を努めて事務的に拭った。

拭き終えた俺は一旦彼のもとを離れ、汲み置きの水にタオルを浸して戻った。汗で張り付く髪をかき上げて熱を持つ額に置いてやれば、ヴィヴィアンはふわりと口もとを綻ばせる。

「……ん、気持ちいい」

薄紅色の唇から呼気と共にこぼされた艶めかしい呟きにゾクリとした。

段々と呼吸が穏やかになっていく様子を食い入るように眺めながら、否が応でも認めずにはいられない。先ほどは言い当てられた気まずさと驚き、そしてヴィヴィアンを色眼鏡で見られたことが耐えがたく、ガブリエルに声を荒らげてしまった。しかし奴の目は確かだ。

以前は脳裏を掠めたこともなかったが、俺はガブリエルの言葉を借りれば『少年趣味』なのかもしれない。俺は世間に顔向けできない性的嗜好を持ち合わせていると確信した。己の浅ましい欲望を自覚した今、これまで通りヴィヴィアンを近習に重用していていいのか。

あるいは、この段階で遠ざけることが互いのためになるのではないか。けれど、そんな理性的な思いとは裏腹に、一度知ってしまった温もりは手放すことが惜しい。

俺はヴィヴィアンを近習に迎え、窮屈な鳥籠と諦めた皇宮でガブリエルと諸国を回っていた時に勝るとも劣らない充実の日々を過ごしている。この温かで心地よい居場所を失うことが心細く、彼を手放す決断に踏み切れない。

その時、ふいに『お前のような考えを持つ女を妃に娶りたかった』と、ヴィヴィアンに以前告げた戯言《ざれごと》が思い出された。

フッと自嘲の笑みが浮かぶ。

「……お前が女だったらよかったのにな」

健やかな寝息を立てるヴィヴィアンに向かって、小さく願望を呟きながら腰を折る。

彼の額に唇を寄せ、その表層にそっと触れるだけのキスをする。

唇が滑らかな額を掠めた瞬間、カーテンの隙間から注ぐ星々がその光量を増し室内を照らす。眩しい星々に見咎められたかのような気まずさを覚えた。

弾かれたように顔を引いた俺は、ヴィヴィアンに掛布をかけ直してやると、星空に背中を向けて足早に寝室を後にした。

冷徹な陛下はどこに？

翌朝、いつも通りの時間にパッチリと目が覚めた。

「うーん、よく寝たぁ〜！」

もともと寝覚めはいい方だが、今朝は特に頭がスッキリして気分も爽快だ。

……だけど私、いつの間に寝たんだっけ？　ふいに疑問が脳裏をよぎり、おもむろに目線を下げる。

「あれ？　私、着替えないで寝ちゃってたんだ」

シャツの襟もとこそ緩めているが、ピッチリとした近習のお仕着せのまま眠っていたことに少し驚く。

なんだってこのまま寝ちゃったんだっけ……？　考えてみても、思い出せなかった。

テラスで酒を酌み交わしながら昔話に花を咲かせるマクシミリアン様とガブリエル様を微笑ましく眺めていたのは覚えているが、その先の記憶がどうしてか曖昧だ。

「って、今はそれどころじゃないんだった！　今日はこれから朝市に行くんじゃないの！」

おかしいと感じつつも今日のスケジュール変更に思い至れば、小さな違和感は目先の忙しさに押し流されて、意識の彼方に消えた。慌てて寝乱れて皺が寄った衣服を脱いで身支度を済ませると、マクシミリアン様の居室へと駆け出した。


「おはようございます！」

「……入れ」

マクシミリアン様の居室の前で元気に声を張れば、低く入室の許可が返る。

「失礼します！　本日はこれよりガブリエル陛下をお連れして朝市の視察へ向かいます。その後は中央公園を視察し、皇宮に戻りましたら昼餐を挟んで国交正常化に向けた初会談となります。朝食は朝市で取る予定になっておりますので、お着替えだけ済ませましたらすぐに出発いたします」

扉をくぐり、今日のこれからのスケジュールを報告しながらツカツカと室内を奥に進む。マクシミリアン様は既に身支度を済ませ、窓際に立っていた。

差し込む朝日を受けて立つマクシミリアン様は冴え冴えと美しく、トクンと胸が跳ねる。

「体調はどうだ？」

一メートルほどにまで距離を詰めたところで、マクシミリアン様が窓から私に目線を移し、謎の台詞を口にする。

「体調、ですか？」

質問の意味がわからず、コテンと首を傾げる。

「頭痛や胸やけは残っていないか？」

続く問いかけに、ますます脳内に疑問符が浮かぶ。

「まったくありませんが、急にどうしたんですか？」

困惑しつつ即答すれば、マクシミリアン様の目がギョッとしたように見開かれる。

「……覚えていないのか」

「え？」

「問題ないならいい。馬車はもう用意できているのだろう？　行くぞ」

「は、はい！」

私が聞き逃した小さな呟きの意味を問い質《ただ》すより前に、マクシミリアン様はバサリとマントを捌くと、大股で玄関へと足を向けた。

後に続きながら、自ずと目が私の前で空気を孕んで翻るマントに留まる。それは昨日、私が独断で用意し直した厚地のマントだった。

玄関ホールに到着すると、近衛の手で左右に扉が開かれて、温かな城内にヒンヤリとした外気が入り込む。マクシミリアン様が玄関の外へと踏み出しながら、自然な仕草でマントの首もとを深くかけ直すのが視界の端に映る。

目にした瞬間、一気に嬉しい気分になった。

「ガブリエルはまだのようだな。馬車に乗って待とう。ヴィヴィアン、来い」

マクシミリアン様は玄関に横づけされた馬車にヒラリと乗り込むと、中から私に手を差し出した。

「はいっ！」

満面の笑みでその手を取ろうとしたが、手に触れる直前で引っ込められてしまう。

え⁉　驚いて見上げれば、マクシミリアン様はなぜか苦虫を噛み潰したような顔をしていた。

「やはり自分で乗れ」

マクシミリアン様は素っ気なく告げると、プイッと顔を背けてしまう。

「は、はい……」

車高が少々高かろうが、ひとりで乗ることは容易だ。だけど、示された気遣いに一度は喜びかけただけに、手のひらを返したような言動にショックを隠しきれない。

私はションボリと肩を落とし、サイドバーを支えにして車内へと乗り込んだ。高揚した気分から一転、急に取られた冷たい態度に落ち込んで、心はどんよりと暗い。

とはいえ、マクシミリアン様の言動はもともと冷徹だったはずなのだ。初見の挨拶や、その後に投げかけられた言葉にも、理不尽で横暴なものはいくつもあった。

……なのに、どうして私は今さら一喜一憂しているんだろう？

こんな疑問が一瞬脳裏をよぎったが、そのわけは私自身よくわからなかった。

マクシミリアン様はすぐに持ち込んでいた政務資料に目を通し始めてしまい、これ以降私と目線が合うことはなかった。

車内には重い空気が漂い、息が詰まった。マクシミリアン様もそんな重たい空気をつぶさに感じ取っているのだろう。表情こそポーカーフェイスを貼りつけて崩さないが、ボフッと投げ出された尻尾が内心を映すように、決まりが悪そうに座席の上を行ったり来たりしていた。

……くそう、いけずな虎柄モフモフめ。いつの日かモフり倒してくれる！

すぐ脇をモッフモッフと蠢く極上モコフワを横目に、心の中で邪な決意をメラメラと滾《たぎ》らせる。すると尻尾はビックンとひと跳ねして反対側に行ったきり、私の方に戻っては来なかった。

……チッ。

尻尾に行かれてしまった私は、膝上で重ね合わせた両手を握ったり開いたりを繰り返しながら手持ち無沙汰な時間を過ごした。

当然車内の空気は重苦しいまま、しばらくしてガブリエル様が乗り込んでくるまで入れ換わることはなかった。

――ガタン。

「すまんすまん、昨日の深酒で寝過ごしちま……って、なんだ？　これから向かうのは、通夜じゃねぇよな？」

「遅い！　出発時刻はとうに過ぎている、さっさと乗れ」

「ガブリエル様、お待ちしてましたぁ！」

マクシミリアン様は牙を剥《む》いてギンッと鋭く睨みつけ、私は重たい空気を変えてくれる救世主がやって来たとばかりにキラキラしい目で迎えた。

「……お前ら、いったいなんなんだよ？」

ガブリエル様はものすごく怪訝な目をして、ややへっぴり腰で車内に乗り込んだ。

そんなこんなで馬車は三者三様の思いを乗せ、市場に向けてカタカタと走り出した。

向かった朝市は数多《あまた》の食材を扱う商店が立ち並び、それを求める人々で賑わっていた。

チラリと横目に見るマクシミリアン様は、降車のタイミングでマントのフードを目深に下げて顔を隠していたけれど、滲み出るオーラや圧倒的な存在感までは隠しきれていない。もっとも、いくら存在感が飛び抜けていようが、朝市を歩いているのがまさか皇帝陛下だとは誰も思わないだろうが。

「ここはヴィットティール帝国の台所とも呼ばれている。我が国最大の市場だ」

「ほう！　こんなに多くの店が軒を連ねているのか」

先導するマクシミリアン様が説明すると、ガブリエル様は活気のある市場に目を瞠り感嘆の声をあげた。

「実におもしろい。生鮮品から、店内調理の飲食物、果ては陶器や衣類に至るまであらゆる品物が揃っている。多岐にわたる取り扱いだけを見れば港町の様相に似ているが、雑多としたあちらとは違い、ここは整然として清潔感がある。……ふむ、帰国したら我が国にもこのような市を作るとするか」

ガブリエル様は感心しきりに呟き、足取り軽く市場の奥へと進みだす。

おお、やったぁ！　この反応は、絶対に国交正常化交渉にも追い風だ！

好感触の滑り出しに嬉々として、隣のマクシミリアン様に目線を向ける。ところが、ぶつかったのは予想に反してポーカーフェイスの横顔で、肩透かしにあった気分になりかけたその時、彼の背中でバッフバッフと蠢く尻尾が目に飛び込んだ。

わわわっ！ 尻尾がめっちゃ揺れてる‼ ……これは内心、相当嬉しいに違いない。

マクシミリアン様の心の機微をダダ漏れにする虎柄のモフモフ尻尾がなんとも言えず愛おしく、ニマニマと頬の緩みが止まらない。

「なにをモタモタしている？ 行くぞ」

「はいっ！」

数歩先を行くマクシミリアン様から声をかけられた私は、元気よく返事をして彼に続く。そうして油断すれば綻びそうになる口もとを引き結び、後ろの特等席から左右に揺れる尻尾を観察した。

「……それにしても、やけに肉屋が多いな？」

キョロキョロと市場内を見回したガブリエル様が、ぽつりと口にする。

「我らは白虎を祖とするからな。魚も野菜もなんでも食うが、今でも肉の消費量は総じて多い。見た目の特徴が廃れても、本質的なところはそうそう変わるものではない」

「ははーん。たしかに、お前の本質的なところは実に獣チックだ」

マクシミリアン様のこの説明に、なぜかガブリエル様はニンマリと口角を上げた。ちょっと悪い笑みと引っかかる物言いに、私は内心で首を傾げる。

……マクシミリアン様の本質が獣チックって、なんだろう？

「共に旅をしていた時分、お前は満月の夜になると尻尾の毛を逆立てながら、忍ぶように雑魚寝《ざこね》部屋を出ていったよな。横で寝ていた俺は、お前が体を火照らせ息を荒くし、ギラギラと目を光らせて薄い毛布から這い出ていくのに気付いていたぜ。さて、いったいお前はどんな衝動に見舞われて宿屋を飛び出していったのやら。察するに、あれも獣人の本――グッ！」

私が興味津々で耳を傾けていたら、突然ガブリエル様の脇腹にマクシミリアン様の尻尾がベシッとぶつかる。結構な威力で食い込んだそれにガブリエル様は低く呻《うめ》いてよろめく。

「ガブリエル様‼　大丈夫ですか⁉」

「おっと、すまん。尻尾が急に動いてしまってな、許せよ。ヴィヴィアン、あちらでお前の好きなオムレツを売っている。行ってみるか」

私が脇腹を押さえ込むガブリエル様に慌てて駆け寄ろうとしたら、それよりも一瞬早く横から伸びてきたマクシミリアン様の腕にトンッと背中を押されてしまう。

「え？　あ、あのっ」

私はあれよあれよという間にマクシミリアン様に促され、ほかほかと湯気を立てるできたてのオムレツを買い与えられた。

「あ、ありがとうございます。でも、ガブリエル様は大丈夫でしょうか？　かなり痛がっていたようですが……」

「なに、あの男は殺しても死なんから問題ない。それより、せっかくのオムレツが冷めてしまうぞ」

眉根を寄せる私に、マクシミリアン様は力強く言い切った。

「よかった！　ガブリエル様はとっても強靭《きょうじん》でらっしゃるんですね。では、いただきます！」

私はひと安心して、さっそく黄金色に輝くオムレツを大きくスプーンでひと掬《すく》いして頬張った。

「……お前、国賓にこの扱いとはいい度胸をしているな！」

私がオムレツに舌鼓を打っていると、脇腹を押さえながらガブリエル様がやって来て抗議の声をあげた。

「ほら、お前も食ってみろ。うまいぞ」

「ん？　どれ。……おおっ、これはなかなかうまいな！」

マクシミリアン様から鼻先にズイッと差し出されたオムレツを頬張ったガブリエル様は、おかんむりから一転ほくほく顔になった。

「ガブリエル様、よかったらこのミートソースをかけて召し上がってみてください。また違った味わいになりますよ」

「どれ」

私が味変を提案すれば、ガブリエル様は嬉々としてミートソースをかける。

「おお！　濃厚な味わいになるな！」

ガブリエル様と私は、マクシミリアン様の尻尾アタックや、それによって中断された先の会話をコロッと忘れ、目の前の美味しい料理に夢中になった。

その横でマクシミリアン様が深く息をついていたようだが、食べるのに大忙しの私たちはろくすっぽ気にもしなかった。

「温かい豚汁はいかがかね？　頬っぺたが落っこちるうまさだよ！」

「おいおい、まずはうちの焼き鳥を食わなきゃ一日が始まらん！」

オムレツ店を出て市場を進んでいると、店主らの景気のいい声と共に、美味しそうな匂いを立てる商品が横から次々と差し出される。

「どちらももらおう」

ガブリエル様は差し出される商品を端から手に取って、豪快に平らげていく。

ちなみに、普段の賑わいと活気を体感してもらえるよう、今回の視察に際し店主らに我々の身分は明かしていない。

安全性については、市場の運営元の協力を得て持ち込み物等のチェックを入念にした上で、警護担当官らが事前に販売されているすべての飲食物を確認することで確保している。

「ふむ！　豚肉がまろやかでコク深い。焼き鳥も肉質やわらかで香ばしい、焼き加減も絶妙だ」

その甲斐あって、ガブリエル様は歓迎式典等で見せる貼りつけたような笑みとは違う自然体の笑みを浮かべ朝市を満喫していた。

「お兄さんたち、うちの揚げたての牛肉コロッケも食べてっとくれよ！」

通りかかったコロッケ店の前で、ふくよかな女性店主が声をかけてきた。

「ひとつもらおう」

「あいよ！　ほらほら、連れの兄さんたちも食べてお行きよ！」

店主は黄金色に輝くコロッケをガブリエル様だけでなく、私とマクシミリアン様にも差し出してきた。

「い、いただきます」

勢いに押されるように受け取って、反射的に頬張った。衣のサクッとした歯ごたえの後、ほくほくのじゃがいもと玉ねぎの甘さ、牛ひき肉のうま味が口いっぱいに広がる。

「これ、すごく美味しいっ！」

はほはほと熱を逃がしながら、思わず叫んでいた。

「あら、嬉しいねぇ」

女性店主はニコニコと相好を崩した。隣で私と店主のやり取りを見ていたふたりも揃ってコロッケに齧り付き、サクッと小気味いい噛み音を立てた。

「たしかに、じゃがいも自体に甘さがあるな。これは新しい品種か？」

ガブリエル様が味わうように噛みしめて、店主に尋ねた。

「おや！　兄さん、あんたいい舌をしてる。これは、一年ほど前から出回るようになった新しい品種さ。暑さ寒さに強く、土を選ばない。おまけに糖度が高くて、味がいいときてる。本当に、マクシミリアン陛下には頭が下がるよ」

「なぜ、じゃがいもの話にマクシミリアンが出てくる？」

ガブリエル様は最後のひと口を放り入れ、もぐもぐと口を動かしながら怪訝そうに首を捻った。彼が投げかけた疑問は、くしくも私が覚えたものと同じだった。

「これ！　マクシミリアン陛下を呼び捨てにするなんて罰当たりだよ！　あのねぇ、陛下は国が冷夏に悩まされるずっと前から農業支援に力を入れておられたんだ。反対派を根気強く説得して予算を確保し、国家主導で品種改良や土質改善に努めた。このじゃがいもは、その成果さ。さては兄さん、顔も舌もいいけど頭はからっきしだね」

店主はマクシミリアン様の功績を朗々と語るのだが、目の前の相手が隣国王だとは夢にも思っていない彼女は、ガブリエル様に不敬極まりない発言を連発している。

私は青くなってガブリエル様へと視線を移した。ところが、当の本人は気を悪くした様子もなくジッと店主の言葉に聞き入っていた。

「じゃがいもだけじゃない。他にも主要穀物を中心に多くの成果が実を結んでいるんだ。マクシミリアン陛下は本当にたいしたお方だよ。あんたもね、プラプラとほっつき歩いてばかりいないで、ちょっとは陛下を見習って勉強おしよ！」

「ははは！　少なくとも今日の其方との会話は、卓上で報告書を読むよりよほどいい勉強になった」

ガブリエル様は店主に高らかに笑って答えた。

身分を明かさないお忍び視察は肩肘張らない普段通りの賑わいが体感できる反面、ハラハラしていけない。

ホッと胸を撫で下ろしチラリと横を見たら、マクシミリアン様も店主の言葉が気でなかったのだろう、同じように安堵の表情を浮かべていた。背中の尻尾も緊張から一転、ゆるゆると左右に揺れた。

「なんだかよくわかんないけど、真っ先にじゃがいもの甘さを言い当てた兄さんの舌は気に入ったよ。これは持ってお行き。あたしからのサービスだ、お代はいらないよ」

店主はそう言って店先のコロッケを紙袋にどっさり入れると、ガブリエル様に持たせた。

「店主よ、恩に着る。ヴィットティール帝国は見どころの多い実にいい国だな」

ガブリエル様は店主に告げた後、マクシミリアン様にチラッと流し目をした。マクシミリアン様は相変わらずの無表情だったけれど、案の定、尻尾が喜色にゆらゆらと揺れていた。

「なーにを今さら！　マクシミリアン陛下の帝位就任から、もうずっといい国だろう！」

「ははっ。それもそうだな」

ガブリエル様は、両手にほかほかと湯気が上がる揚げたてのコロッケを抱え、満足げにコロッケ店を後にした。

私とマクシミリアン様は目と目で頷き合って、ガブリエル様に続く。

「ガブリエル様、そちらは一旦僕がお預かりします」

私は、ガブリエル様がコロッケをふたつほど食べたところで手を止めたのを見て、紙袋を引き取った。

「お兄さん、極上の絹織物だよ！　よかったら見てっとくれ！」

「どれ」

その後も朝市の店店を見て回るガブリエル様は終始楽しそうだった。

視察の上々の滑り出しにマクシミリアン様は尻尾を揺らし、その表情もにこやかだった。


和やかに朝市の視察を終えた私たちは、次に中央公園に向かった。

晴天の空の下、広大な中央公園の随所に設えられた花壇には春の花々が咲き誇り、美しく整備されていた。ベンチから花を眺める人、歩行路に沿って散策する人、芝生の上で様々な遊びに興じる親子連れ、そんな多くの人々で賑わっていた。

どこかに風船売りが来ているのだろう、カラフルな風船を手にした子供たちの姿も多く見受けられた。

「ここは三年前に完成したばかりの国内随一の規模を誇る国立公園だ」

「広い上によく手入れされている。入場料は取っていないのか？」

公園内をゆっくりと見回しながら、ガブリエル様が問う。

「ここの運営費は規定の管理費の他、慈善の寄付で賄っている。利用者から料金は取っていないな……いや、興行目的の利用者からは一定金額を徴収しているか。今も奥の噴水前で大道芸が催されているようだ」

「大道芸？」

マクシミリアン様が指差す先に、ガブリエル様は首を巡らせた。

私もそちらに目を凝らすと、人垣の間から絶妙なバランスで五メートルほどの高さにまで積み上げられた木椅子の上で、回ったり跳ねたりする大道芸人の姿が見て取れた。

へー。今日は軽業《かるわざ》がメインみたいだ。

まだ序盤なのか、目の前の演目は大道芸としては標準的なもの。演技終盤で披露される大技ほどの感慨はなく、ふんふんと頷きながら眺める。

「おい、ちょっと待て！　あの人間離れした離れ業はなんだ⁉」

ところが、隣のガブリエル様の反応は違っていた。

「積み上げた木椅子の上で回ったり跳ねたりする芸だ。まだ五メートルほどの高さしかないが、終盤は倍ほどの高さまで積み上げて、その上でもっと大きな離れ業を披露するぞ。さてはお前、かつて俺が教えた『ヴィットティール帝国の大道芸はこんなレベルではない』というのを信じていなかったな？」

白虎を祖に持つヴィットティール帝国民は今でも身体能力……特に俊敏性やバランス感覚といった能力に優れた者が多い。

もちろん、この身体能力の高さがヴィットティール帝国民すべてに当て嵌《は》まるわけではないし、耳や尻尾の外見的な特徴と能力が必ず比例するわけでもない。それでも立派な耳や尻尾を持つ者が高い身体能力を有するケースは多く、今パフォーマンスをしている大道芸人も立派な耳と尻尾を持っていた。

どちらにせよ、こういった軽業で他国の者がヴィットティール帝国民を超えるのは至難の業と言えた。

「もちろん覚えている。当然、ヴィットティール帝国民の身体能力についても承知している。なにより共に諸国を巡っていた時分、お前の異能を嫌というほど見せ付けられているからな。路銀が足りなくなり参加した夜間工事では、お前はランプも支給されぬうちからひとり掘削作業を進め周囲の度肝を抜いた。農家の収穫作業では、カマを手に目にも留まらぬ速さで刈り取りを熟し、他の者が半分も終わらぬうちに自分の作業を終えた」

私は、ガブリエル様が口にした台詞に大きな驚きを覚えていた。

夜目が利いたり、俊敏性が高かったり、ガブリエル様が挙げたのはどれも代表的な獣人の特性だ。とはいえ、現代にあってここまで卓越した能力を持っている帝国民が果たしてどれだけいるだろう。

……やはり、マクシミリアン様はとても得難い人だ。

それは単に持って生まれた能力という意味だけでなく、朝市で聞かされた農業支援を始めとする政治手腕にしてもそうだ。

マクシミリアン様を見上げる目に、自ずと熱が篭もった。

「とにかく、知識として知っているのと、実際にこうして自分の目で見るのはまるで違う！　こんなに心躍る大道芸は初めてだ。こうしてはいられん、もっと近くで見るぞ！」

ガブリエル様は言うが早いか、大道芸が繰り広げられる噴水前に向かって駆け出した。

「おい待て⁉」

マクシミリアン様は慌ててガブリエル様の後を追う。私もその後ろに続く。

初めて我が国の大道芸を見るガブリエル様は、小さな子供たちと一緒になって最前列を陣取り、目を輝かせていた。

高さを増す木椅子に比例して、ガブリエル様の歓声も高くなる。不思議なもので大道芸としては平均的な演目にもかかわらず、ガブリエル様の熱気にあてられたのか周囲を取り囲む観客の様子もいつになく白熱していた。

「それでは、これより本日最後の大技に挑みます。成功の暁には盛大な拍手をお願いいたします」

そう言って大道芸人は、身軽に十メートルほどの高さまで積み上がった木椅子の天辺へとのぼっていく。

ハッ！という気合の篭もったかけ声と共に飛び上がると、前方宙がえりをして木椅子の天辺で逆立ちになった。

「ワァアアァアァッ――‼」

ガブリエル様を中心に人々は沸き、成功を収めた大道芸人に惜しみない拍手喝采が送られた。

ここまで静かに鑑賞していた子供たちも、大はしゃぎで一斉に演目の真似事をし始め、飛んだり跳ねたりと盛り上がっている。

「いいものを見せてもらった！　実に素晴らしかった！」

大道芸人に歩み寄ったガブリエル様は、彼の帽子に破格のチップを捻《ね》じ込んだ。

「実は俺、今日が初披露だったんです。演目も難易度が低いものばかりで、演技も未熟で……。なのに、あなたは熱心に歓声を送ってくれて、どんなに励まされたか。俺、もっと技術を磨きます！　それで、見る人に驚きと感動を与えられる立派な大道芸人になります！　だから、またいつか俺の芸を見に来てください！」

今日が初お披露目だという青年は、涙の浮かぶ目でガブリエル様に深々と頭を下げた。

「一層磨きがかかった芸を楽しみにしている。励めよ」

ガブリエル様はトンッと青年の肩を叩いた。

満足していただけたみたいでよかった。順調な視察の流れに頬を緩めていたら、腰のあたりにぽふっぽふっとモコフワの感触が落ちる。

ん？　見れば、マクシミリアン様の尻尾が嬉しそうにふりふりと左右に揺れ、勢い余って先っちょが私にぶつかってきている。それなのに当の本人は、真顔でガブリエル様を見つめている。

本人のポーカーフェイスとご機嫌に揺れる尻尾の対比——。

グハッ‼　これが俗にいう『ギャップ萌え』というやつか⁉　たしかに、これは無性に萌える！

新境地を切り開いた私は、しばしマクシミリアン様のギャップに悶《もだ》えた。

「危ない‼」

自分の世界に浸りきっていたら、マクシミリアン様の鋭い声が宙を裂く。一拍遅れ、周囲の人たちの悲鳴も響き渡った。

顔を上げるのと、大道芸に使っていた木椅子のタワーが私に向かって倒れ込んでくるのは同時だった。

えっ⁉　咄嗟のことに驚いて足が竦む。回避行動が取れず、数十もの木椅子が頭上から崩れ落ちてくるのがスローモーションのように見えた。

「ヴィヴィアン——‼」

……あぁ、もうダメっ‼　ギュッと目を瞑《つぶ》り、体を硬くして衝撃に備えた。

しかし私には、いつまで経っても予想した衝撃は訪れない。

なにかを連続して弾くような打音と、それを追うように木材がぶつかり合うガラガラという音が辺りに響き渡っていた。

――ガラン、ガランッ。

やがて騒々しかった音は完全に止《や》み、周囲はシンッと静まった。

「嘘だろう」

ガブリエル様がポツリと呟いたのを合図に、ゆっくりと瞼《まぶた》を開く。

まず目に飛び込んだのは、数メートル先で手を前に突き出すような恰好で立つマクシミリアン様の背中。わずかに目線を落とすと、彼の前には崩れ落ちた木椅子が山と積み上がっていた。

え、これって……？

目を丸くする私を、マクシミリアン様が振り返る。

彼の眼光の鋭さに息をのむ。

「この馬鹿‼　なにをぼうっと突っ立っている⁉」

噛みつくような叱責を受け、ビクンと体が萎縮する。

「ご、ごめんなさい！」

反射的に謝罪を口にしながら、同時に理解した。

……マクシミリアン様が、私を助けてくれたのだ。

「降りかかる椅子を弾き落とさなかったら、お前は今頃この山の下敷きだ‼　お前は周囲の状況に無頓着すぎる！」

語気を荒くするマクシミリアン様に、私は返す言葉もなく身を縮める。

「おいマクシミリアン、ヴィヴィアンも無事だったんだしその辺でいいじゃねぇか。すっかり縮み上がっちまってるだろうが」

ガブリエル様にポンッと肩を叩かれて、マクシミリアン様は不承不承といった様子で再び開きかけた口を引き結んだ。

「それからヴィヴィアンも、マクシミリアンに感謝するんだな。子供がぶつかった衝撃で椅子のタワーが傾いだ瞬間に、こいつはもう駆け出していた。そして大きく地面を蹴って跳躍したと思ったら、お前目がけて崩れ落ちてくる数十個もの椅子をすべて掌打《しょうだ》で弾き飛ばした。こいつでなきゃ、できなかった」

「っ！　マクシミリアン様、助けていただいてありがとうございます！　それから、迷惑をおかけしてすみませんでした！」

マクシミリアン様に向かって直角に腰を折った。すると突然、背後から上着の裾がグイッと引っ張られた。

え？ 驚いて顔を向けると、上着を掴むのとは逆の手に風船を握りしめた七、八歳の少女が、目に涙をためてマクシミリアン様を見上げていた。

「お願い！ お兄ちゃんを怒らないで！」

少女の震え混じりの懇願が響く。

「あたしが椅子にぶつかっちゃって、それで倒れちゃったの！ だからお兄ちゃんを叱らないで！ お願いします‼」

少女がガバッと頭を下げる。

すると少女に続き、大道芸人の青年もマクシミリアン様の前に駆けてきて深々と頭を下げた。

「お、俺からもお願いします！ 観客の安全は本来、主催する俺が注意を払うべきでした。はしゃぎ回って楽しそうな子供たちに水を差すのが憚られ、つい注意義務を怠り……本当に申し訳ありませんでした！」

「もういい、頭を上げろ。俺は怒ってはいない」

長い沈黙の後、マクシミリアン様は低く告げた。

「本当⁉ もうお兄ちゃんを叱らない？」

真っ先に反応したのは少女で、一歩踏み出していってマクシミリアン様に念押しの確認をしてみせる。

「ああ、本当だ」

「やったぁ！　よかったね、お兄ちゃん！」

少女は破顔して、私の腰あたりにガバッと抱き付いてきた。

「あっ！」

勢い余った少女はうっかり風船を放してしまったようで、ガスが入った風船はあっという間に空を泳ぎだす。

「ママに買ってもらった風船がぁ……」

「大丈夫だよ、待っていて！」

私は考えるよりも先、悲しそうに宙を見上げる少女に告げ、風船を追って走っていた。円形噴水の縁を踏み切り台にして、噴水の上空を浮遊する風船目がけて跳躍した。

目測通り、伸ばした指先が風船の持ち手を掠める。

……よしっ、もうちょっと！

ところがいざ握り込もうとしたところで、持ち手の紐《ひも》はふわりと風にあおられて、無情にも流れていってしまう。

え、えぇぇえっ⁉ そりゃないよーっっ‼

私の手は虚しく空をかき、さらに流れていく風船をなんとか掴もうと身を捩ったことで、大きくバランスを崩してしまう。体勢を崩した私はなす術もなく噴水に向かって垂直落下した。

——バッチャーンッ!

もちろんバランスの立て直しは間に合わず、着水は尻から。私はあえなく頭から大量の水しぶきを被り、濡れネズミになった。

「っ‼ ……ぅうっ、冷たぁっ」

「はぁ。お前はいったいなにをしているんだ。早く上がれ」

噴水の冷たさもさることながら、マクシミリアン様の冷たい言葉も身に沁みる。

「は、はい」

慌ててジャバジャバと噴水の端まで移動し、石組みの縁上に片足をかける。足に体重をかけて乗り上がろうとしたら、横からなにかが跳び上がっていく気配がした。

え?と思って目線を向けると、なんとマクシミリアン様が空を飛んでいた。

いや、私とて人間が空を飛べるわけがないのは百も承知だ。しかし彼は、そんな風に見紛《みまが》うくらい、普通ではあり得ない跳躍をしていたのだ。

……嘘。あんなに高くまで飛ぶなんて！

私は一連の出来事を縁上に片足をかけた体勢のまま食い入るように見つめていた。

マクシミリアン様はかろうじて目視できるくらい遥か上空を浮遊する風船をしっかりとその手に掴み、トンッと地面に降り立った。

直後、息をのんで見つめていた人々から歓声が沸き起こる。大道芸の比ではない大歓声と拍手喝采が、マクシミリアン様に注がれていた。

人々の波を割り、マクシミリアン様は真っ直ぐに少女のもとに向かう。

「もう離すんじゃないぞ」

ポカンと見上げる少女に、マクシミリアン様はそう言って風船を差し出した。

「あ、ありがとう‼」

少女は目を真ん丸にしてお礼を告げ風船を受け取ると、胸の前でギュッと持ち手の紐を握りしめた。

目の前で繰り広げられている心温まる光景を微笑ましい思いで見つめていたら、突然、マクシミリアン様が私を振り返った。

目と目が合った瞬間、文字通り縮み上がった。

その表情は悪鬼のごとく歪み、おどろおどろしいことこの上ない。噴水の冷たい水を優に超える氷点下の眼差しに、ビクンッと体が跳ね歯の根がカチカチと音を立てた。

「お前はいつまで噴水に浸かっている気だ」

恐々《こわごわ》と見つめる私にマクシミリアン様は大股で歩み寄るとガシッと腕を掴み、問答無用で噴水の外に引っ張り上げた。

「震えているじゃないか。さっさと行くぞ」

私はマクシミリアン様に腕を取られたまま、引き摺《ず》られるように公園内を走り出す。

「あ、あの？　行くってどちらへ？」

「公園の管理事務所にシャワーが設置されている。もたもたするな」

途中、やっとのことで尋ねれば、鋭い叱責が返される。

「は、はいっ！」

この震えはマクシミリアン様が原因だし、私だって一応獣人の血を引く末裔《まつえい》。体はそれなりに頑丈にできている。少なくともこの程度で風邪を引くほどヤワではなかったのだが、ここは素直に口を噤《つぐ》んだ。

「まったく手がかかる奴だ」

「すみません」

シャワー室前の脱衣スペースで苛立《いらだ》たしげに吐き捨てるマクシミリアン様に、背中を丸めてビクビクと謝る。

「着替えもひと揃い用意があるそうだ。じきに届くだろう。タオルと一緒にここに置いておくから、ゆっくり温まってこい」

「はい、本当に色々とすみません。……あの、ここからはひとりで大丈夫ですので」

だからもう出ていってくれまいか？　そんな思いを言外に滲ませる。マクシミリアン様がここにいては、いつまで経っても服が脱げない。

「はぁ～、いいからさっさと脱いで行け！」

「す、すみません！」

私の願いは通じず、マクシミリアン様は仁王立ちのまま動こうとしない。私は仕方なく服を着たまま逃げるようにシャワー室に飛び込んだ。

「おい、服は⁉」

「濡れてますから、中で脱ぎます‼」

「ったく」

扉が閉まる直前に聞こえてきたマクシミリアン様の特大のため息に、いたたまれない思いがした。

＊＊＊

ヴィヴィアンが扉の向こうに消え、脱衣所にひとり残る。

「……どうしてこんなに危なっかしいのか。これでは目が離せないではないか」

……いや、そうではない。

声にしながら、ふいに問題は彼自身ではないことに気付く。

面倒に思うなら放っておけばいい。近習に適性がないのなら、早々に切り捨ててしまえばいい。本来、こうも細々と目をかけてやることではないのだ。

ならば、ヴィヴィアンのことが気になって仕方ないのは俺だ。彼から目が逸らせず、手を差し伸べずにはいられないのだ。

——コンコンッ。

「失礼いたします」

ノックの後、公園の管理責任者がタオルと着替えを手に脱衣所に顔を出す。扉の外で待機していた俺の警護担当官も一名が共に入室し脇に控えた。

「こちらをお使いくださいませ」

「すまんな」

「とんでもございません。それよりも、お忍びとの指示を受けいつも通りの公演運営を心がけてまいりましたが、陛下の見事な跳躍が脚光を浴び、それによって一部の者たちがマクシミリアン陛下の存在に気付いてしまったようです」

「目立つような行動を取ってしまったのはこちらだ、それも仕方あるまい」

決して芳しい状況ではないが、そもそも身バレのきっかけを作ったのは俺自身だ。ガブリエルには私服警護官を多く付けており、安全上も問題はない。

「それが、最初に噴水前で陛下を称える声があがったのを皮切りに、あっという間に同様の声が公園中に広まりまして。今や公園中が陛下の来訪に沸き上がっております。ここの管理事務所の前にも陛下をひと目見ようとする人々が大挙して押し寄せております」

「そうか。……帰りの馬車を裏門につけろ。それからフェイクの馬車を正門に横付けし、できるだけ目立つよう警備担当官を立たせろ」

申し訳なさそうに現状の報告をする管理責任者に頷いて答え、気配を消して控える警護担当官に指示を出す。

「ハッ！」

警護担当官は即座に飛び出していった。

「……それと陛下、よろしかったら近習の方にこちらを使っていただいてください」

ここで管理責任者がなにかを差し出してきた。

「これはなんだ？」

反射的に受け取った袋状の物からは、微かに香草の香りがした。

「ハーブボールと申しまして、この布の中には公園の花壇で育てた保温保湿に効果的なハーブが入っております。売店で販売している土産物のひとつで、こちらで体を流しますと洗い上がった後も温もりが持続します」

「ほう、ありがたくもらおう」

噴水の水で冷え切った彼の体が、これで少しでも温まるのならありがたい。

「では、私はこれで失礼いたします。なにかあればお声がけください」

管理責任者は丁寧に頭を下げ、脱衣所を出ていった。

「おい、ヴィヴィアン」

中に向かってひと声かけるが、ヴィヴィアンから返事はない。奥の方からバシャバシャと湯を流す音が響いており、彼の耳に俺の声は届いていないようだった。

皇帝という地位にあり、今でこそ湯殿を誰かと分け合うことはないが、かつて諸国を巡っていた時分は、旅一座や商隊の男所帯に身を置き芋を洗うように湯を使っていた。だからヴィヴィアンのシャワー中に踏み入ることにも、特段の躊躇《ちゅうちょ》はなかった。

……早く渡してやらんと出てきてしまうな。

シャワー室に鍵はなく、俺は扉を引き開けると逸《はや》る思いで奥へ進む。公園に隣接する役所の宿直者も使用するシャワー室は存外広く、扉から奥に向かって四個のシャワーヘッドが並んでいた。

ヴィヴィアンは一番奥のシャワーを使っていた。

シャワーの水流を受けて霞《かす》む人型のシルエットを視界に捉え、その名を呼ぼうと口を開く。

ほぼ同時、屈《かが》んで石鹸を取り上げたヴィヴィアンが、立ち上がる際にわずかにこちらに向きを変える。それにより俺の位置からちょうど彼の横姿が見えるようになる。

その瞬間、俺はカッと目を見開いて固まった。

「ヴ……っ‼」

呼びかけようと薄く開いた唇も、音を結ばずに動きを止めた。

俺は呼吸を忘れ、浮かび上がる清らかな女神のごとき立ち姿に見入った。女神は降り注ぐシャワーを浴びて、真珠のような白い肌と金の髪からキラキラと湯を弾かせていた。

細くしなやかな肢体はほどよく筋肉がついて引きしまり、スラリと伸びた長い手足や括《くび》れたウエストラインが目に眩しい。しかし、なにより俺の目を釘付けにして離さないのは、胸のやわらかなふたつの膨らみと、腰から続くまろやかな曲線。

甘い芳香まで漂ってきそうな瑞々しい女神の肢体に魅了され、瞬きをする間すら惜しみ網膜上にその姿を刻む。

……目の前の光景は、まさに奇跡。

この世の美しいもの、清らかなもの、目に眩《まばゆ》いほどの美を寄せ集めた集合体がそこにあった。

触れるのが憚られ、だけどこの手でその温もりとまろやかな感触を味わいたい。こんな矛盾が、俺の内でせめぎ合う。

女神を食い入るように眺めながら、身の内でぞわぞわとした熱が疼きだすのを感じていた。

無意識に腕が女神に向かって伸びる。長く床を踏みしめていた足もゆっくりと持ち上がり、前に踏み出しかける。

──カタン。

ヴィヴィアンが石鹸を置く際にあがった小さな物音でハッと我に返った俺は、弾かれたようにシャワー室を飛び出していた。

扉を閉め、脱衣所の無機質な天井を仰ぎ見る。

いまだ目にした光景が信じられなかった。血が巡る音がドクンドクンと煩いくらいに鼓膜に反響していた。身の内に篭もる熱も一向に冷める気配はない。

「ヴィヴィアンが、……女」

高ぶる思いのまま口内で呟けば、身の内に灯った熱がぞくりと疼く。胸で熱く滾る興奮と歓喜は鎮まるどころか、逆にその勢いを強くした。

しかし、それも道理だろう。この現実は俺にとって、天から差し込んだ一筋の光明なのだから――。

俺はこれまで、ヴィヴィアンの真っ直ぐな言動がずっと好ましかった。その清らかな思考が愛しいと思った。

そして、俺の『耳なし』を知った時に彼が示した反応に心が熱く震えた。誇張でなく、魂まで揺さぶられるような衝撃を覚えていた。

さらにヴィヴィアンへの想いは、日が経つごとに膨らんだ。

……手放したくない。俺だけのものにして、ずっとそばに置きたい。俺だけに微笑んで、その声を聞かせてほしい。

こんな風に狂おしいほどにその身も心も欲しいと望みながら、俺は心の底から神という存在を恨んだ。それは、俺に耳を与えなかったことに対してではない。

なぜ神は、ヴィヴィアンに女の性を授けてくれなかったのだ。女であれば、俺はヴィヴィアンを生涯ただひとりの妃とし、命果てるその瞬間まで愛し、敬い、共に幸福の道を歩んでゆけたのに、と。

同時に俺は悟っていた。この後、俺にヴィヴィアンを超える出会いなどあり得ない。だからといって、清らかな彼を俺の浅ましい欲望で汚す気などさらさらない。ならば俺は彼への愛を胸に秘め、生涯独り身を貫こう。天に背くこの想いは、墓場まで連れていく。

ヴィヴィアンのために最善と己を納得させ、身を切る思いで固めた決意だった。そして、これこそが俺が示せるヴィヴィアンへの精一杯の愛の形だと思っていた。

「……だが、ヴィヴィアンが女だというのなら話は別」

ヴィヴィアンを俺の手もとに置くことに、もはや障害はなにもない。

「愛するヴィヴィアンを、生涯ただ唯一の伴侶に――！」

固く拳を握りしめると宙をきつく睨みつけ、新たな決意を噛みしめた。

――バタン。

直後、ノックもなしに外から扉が開かれる。

「おーい、まだかかりそうか？」

「急に入ってくるな！　ヴィヴィアンが出てきたらどうする‼」

反射的に振り返り、のんきに扉に手をかけるガブリエルに向かって声を荒らげる。

このタイミングでシャワーを終えたヴィヴィアンが出てきては大事だ！　俺は手近な棚にタオルと着替えを突っ込むと、乱暴にガブリエルの背中を押して脱衣所を出た。

「ハァ？　お前、なにわけのわかんねぇこと言ってんだ？」

廊下に押し出されたガブリエルが、眉間に皺を寄せ不満げに口を尖らせる。しかし、脱衣所の扉一枚隔てた先には、俺とてシャワーの飛沫《ひまつ》でおぼろにしか見ることが叶わなかった芸術品のごとき裸体があるのだ。

他の男に拝ませるなど、させてたまるか！

「黙れ！　ここの君主は俺だ。文句があるならさっさと国に帰れ」

なによりガブリエルのせいで、眩い肢体をとっくと眺め、あわよくば俺の手で珠の肌に結ばれた水滴を舐《な》めるように拭き取り、さらに隙あらばその柔肌に唇を寄せて俺の印を刻もうかという目論見が頓挫したのだから、内心の憤りは大きかった。

「おっま、とんだ暴君だな⁉」

「なんとでも言うがいい！」

ガブリエルは目を丸くして叫ぶが、俺は取り合わずにフンッと鼻息を荒くしてそっぽを向いた。

――キイィ、パタン。

「……えっ⁉　おふたりともずっと廊下で待っていてくださったんですか？　すみません、お待たせしました！」

そうこうしているうち、借り物の衣装を身に着けたヴィヴィアンが、使い終わったタオルを手に廊下に出てきた。俺たちに気付くと、恐縮しきりの様子でパタパタと駆けてくる。

「ヴィヴィアン、ちゃんと温まれたのか？　ほら、まだ髪の芯が濡れている。拭いてやろう」

大股でヴィヴィアンのもとに歩み寄り、その手からタオルを取り上げると、湿り気を残す金糸のような髪にあてる。

「い、いえ！　それでしたら自分で……っ！」

ビクリと肩を跳ねさせたヴィヴィアンが、慌てて手を伸ばしてくるのを制し、手ずから丁寧に拭いていく。

「いいから。大人しくしていろ」

「でも、あの……わわわっ」

頑として譲らぬ俺の勢いに根負けしてか、ヴィヴィアンは口を引き結ぶと大人しく俺に身を任せた。

「おいマクシミリアン、その対応の差はなんなんだよ⁉ さっき俺に見せた暴君っぷりはどうした⁉」

「さて、なんのことかわからんな。……よし、これでいいだろう」

タオルを下げると手櫛で梳り、指の間を滑っていく艶やかな感触を味わってから手を引いた。

「ありがとうございます」

ヴィヴィアンは顔を赤くして、蚊の鳴くような声で礼を呟いた。

「なに、しっかり乾かさないと風邪のもとだ。それに、濡れ髪は傷みやすいと聞く。こんなに艶やかで美しいのだから、大事にしなければダメだ」

ヴィヴィアンはただでさえ赤い顔を火が出そうなくらい真っ赤に染めて、コクコクと頷くことで応えた。

「いい子だ。冷えるから入っておけ」

俺はヴィヴィアンの肩を引き寄せると、バサリと広げた自分のマントに入れた。細身で小柄なヴィヴィアンは俺のマントにすっぽりと包まれた。

わずかにでも力を込めれば壊れてしまいそうな繊細な感触が、手のひらに伝わる。華奢でやわらかな感触に、愛しい想いに勝るとも劣らない圧倒的な庇護《ひご》欲が募る。

何人《なんぴと》からも、どんな障害からも、俺がヴィヴィアンを守る――！

「俺たちの正体に気付いた民がここにも大挙しているようだ。馬車を裏門に待たせている。警備は万全に敷いていてまず危険はないと思うが、ここにいろ」

逃がさぬよう、何人にも奪われぬよう、やわらかな温もりをギュッと腕に抱き寄せて耳もとに囁けば、ふいにヴィヴィアンから立ち昇る芳しい香りが鼻腔を擽る。

甘やかな香りを胸いっぱいに吸い込んだ瞬間、体の奥がズクンと疼きジンジンと重たい熱が溜まりだすのを感じた。

それは満月の夜に襲われる狂おしい焦燥感によく似ていた。

公には明かしていないが、俺には祖である白虎と同じく発情期があった。発情周期は天文周期にピタリと重なり、満月の夜に発情症状に襲われる。

皇家の記録を紐解くと、五代前の皇帝に同様の初見があったことがわかった。

五代前の皇帝はこれをつまびらかにし、自薦他薦問わず数多の美女を召し上げて発情期を謳歌していた。周囲も、神獣・白虎時代の名残の表れと好意的に捉えていたようだった。

しかし、俺はこの事実を伏せることを選んだ。

仮に周囲がこれを慶事と捉えても、好奇の目を向けられるのは避けられない。なにより、煩方の不要な気回しで女をあてがわれるなど絶対に御免だった。それらを拒む手間を惜しみ、結果的に厄介な症状に辟易しつつ理性と忍耐でやり過ごすことにしたのだ。

ヴィヴィアンを前に、満月の光を浴びるのと同様の衝動を覚えたことに驚いたのはほんの一瞬で、すぐに理解に至る。

……無理もない、運命の女性を前にして平常心でなどいられるものか。

前述の通り、俺は発情期との付き合い方は心得ており、性衝動を耐え忍ぶことには慣れていた。しかし、性衝動はこらえられてもヴィヴィアンへの溢れる愛おしさを抑えることは不可能だ。

俺は本能に衝き動かされヴィヴィアンの耳朶《じだ》の後ろに唇を寄せると、甘く香るやわらかな肌をチュッと吸い上げた。

これは発情と同じく白虎の習性のひとつで、気に入った相手に自分の印を残したくなるというものだ。発情中にこの欲求がより強く出るというが、日常も含め、俺がこれをしたくなったのは初めてだった。

「んっ⁉」

ヴィヴィアンが肩を跳ねさせたことですぐに唇を離したが、真っ白な肌にはクッキリと俺の印が残っていた。

それはまるで、純白に浮かぶひとひらの花びらのよう。なんとも言えず愛おしく、吸い寄せられるように舌先を寄せ、匂い立つ朱色の花びらを舐め上げた。

心と体が深い充足感で満たされていくのを感じた。

「……ヤベェ。天変地異の前触れか？」

俺の横で顎が外れそうなくらい口を開けた阿呆面のガブリエルがポツリとこぼした呟きは、耳を素通りした。

舌先から全身に広がる痺れるような余韻にうっとりと浸っていたら、突然ヴィヴィアンが鋭く叫びマントを剥がそうともがきだす。

「た、大変です！　マクシミリアン様、早くマントを脱いでください！」

「急にどうした？」

「今、耳裏がチクッとして、その後になにかが掠めるような感触もしました！　多分、運悪くマントについていた虫に刺されてしまったんだと思いますが、マクシミリアン様が刺されてしまったら大変ですから！」

ヴィヴィアンは俺のキスマークを虫刺されと勘違いし、こうも騒いでいるらしい。

「なに、このマントに虫などいない。それにお前の耳裏も特にどうもなってはいない。気のせいだ」

ヴィヴィアンは納得がいかない様子で、おずおずと耳裏に手をやった。

「でも、……あれ？　たしかに、膨らんだりもしてないみたい。おかしいなぁ」

滑らかな肌を指先で幾度か往復させた後で、首を捻りながら手を下げた。

「……すみません、ひとりで騒いで。おっしゃるように僕の勘違いだったみたいです」

「なに、勘違いは誰にでもある。気にするな」

柔和な笑みを浮かべながら、内心では仄暗《ほのぐら》い所有欲が満たされて舌なめずりをしていた。

「たしかにマントに虫は付いていないが、言うなればマント自体が害虫の羽……ァガッ‼」

かしましいガブリエルの足先に踵《かかと》を落とすと、妙ちくりんな悲鳴の後、目論見通り静かになった。

「ガブリエル様、どうされました？　大丈夫ですか？」

涙目で爪先を押さえるガブリエルに、ヴィヴィアンが女神のごとく手を差し伸べる。

「大丈夫なわけがあるか！　とんでもねぇ害虫が俺の足に攻撃を……いや、大丈夫だ。なんでもない。俺も勘違いだった。……ことにしておく。まだ、命は惜しいからな」

俺が射殺す気迫を込めてギンッと睨みを利かせたら、ガブリエルは言葉途中で前言を撤回し、ヴィヴィアンの手を取ろうと伸ばしかけていた手もすごすごと引っ込めた。

その後に口内で不満げにもごもごと何事か呟いていたが、そんなのは俺の知ったことではない。

「ふふっ。ふたりして虫に襲われたように錯覚するなんて、不思議なこともあるんですね」

ヴィヴィアンが小首を傾げながら、コロコロとかわいらしい笑い声をあげる。

その笑みのかわいらしさに、体の内が切なく疼く。

かくも愛しい存在がこの世にあるのかと、この嬉しい発見は同時に我が身を焦燥に焼く責め苦のようでもあった。本能が熱く狂おしくヴィヴィアンを求めていた。

「さぁ、行くぞ」

精一杯理性を総動員して平静を装うが、ヴィヴィアンを見つめる瞳は否が応でも熱を帯び、肩を抱く手には力が篭もった。

＊＊＊

その日の夜。私はマクシミリアン様からの呼び出しを受け、彼の部屋に向かっていた。

部屋の前までやって来て扉をノックしようと右手を持ち上げたところで、その手がピタリと止まった。

……やっぱり、なにかがおかしい。

どうしてマクシミリアン様は突然こうも甲斐甲斐しくなったんだろう？　中央公園の視察から急に過保護な親鳥のようになったマクシミリアン様の態度を思い出して首を捻る。

マクシミリアン様は公園から皇宮へ帰る馬車内でも、私を隣に座らせてガブリエル様そっちのけで髪を手櫛で梳《す》いてみたり肩や背中を撫でたりしていた。

そんなことはあり得ないと思いつつ、額やら頬にやたら顔を近づけてくるものだから、まさか口づけられてしまうのではないかとドキドキしっ放しだった。

おかげで普段ならモフりたくなる尻尾にも気が回らなくなるくらい、すっかり疲労《ひろう》困憊《こんぱい》してしまった。

そしてマクシミリアン様は次の予定が押しているにもかかわらず、げっそりとする私のことを大層気にかけ、予定のキャンセルまで言い出す始末だった。ちなみにその予定というのは、ガブリエル様との昼餐と国交正常化交渉の初会談という超重要なもの。

それをガブリエル様本人の前で平然と「キャンセルだ」などと言ってのけるのだから、私はすっかり青くなった。

何度も「大丈夫だから、昼餐に行ってくれ」と繰り返したのが功を奏し、マクシミリアン様はしぶしぶ向かってくれたのだが、あれには本当に驚いた。

唯一の救いは、主賓であるガブリエル様本人がニマニマとした悪い笑みで楽しそうにマクシミリアン様の様子を見つめていたことか。

とにかく、マクシミリアン様は公園の視察からこっち、なにかがおかしいのだ。

――ギィイィイ。

その時、突然中から扉が開かれたと思ったら、マクシミリアン様が満面の笑みで飛び出してくる。

「ヴィヴィアン、待っていたぞ」

「マクシミリアン様！」

「部屋の前に気配があるのは察していた。なかなか入ってこないから、どうしたのかと思ったぞ」

ノックするより前に扉が開かれたことに驚いてパチパチと目を瞬いていると、マクシミリアン様が私の背中に腕を回して部屋へと招き入れる。

「さぁ、奥でゆっくり話そう」

私はあれよあれよという間に室内奥へと誘導され、長ソファに座ら――。

「ちょっ⁉ ちょっと待ってください‼ この座り方はおかしくありませんか⁉」

私を膝上に抱っこして座ろうとするマクシミリアン様に、ギョッとして待ったをかける。

「ん？ ……別に、なんらおかしいとは思わないが」

「いいえ！ とんでもなくおかしいです！」

主が相手ゆえに端折《はしょ》ったが、これが通常と思うならマクシミリアン様の頭は相当におかしい！

私は飛び退《の》くようにマクシミリアン様の膝上を脱し、彼の座る位置からできるだけスペースを取ってソファ端の肘掛けギリギリに体を寄せて腰を下ろした。

わっ⁉　ところが、マクシミリアン様はスッとこちらにお尻の位置をずらし、せっかく確保したスペースを埋めてしまう。

私はマクシミリアン様と肘掛けに挟まれて、身動きが取れなくなった。しかも背中に回ってきたマクシミリアン様の腕に引き寄せられて、懐にもたれかかるような体勢にされてしまう。

互いの体がピタリと密着し、彼の首筋のあたりに鼻先が埋もれる。

着衣越しにも体温と逞しい感触が伝わってきて、あまりのいたたまれなさにピキンと体を硬くする。

私は息を詰め、祈るような思いでマクシミリアン様が話し出すのを待った。しかし当のマクシミリアン様は、私の髪を指に遊ばせてみたり、首のあたりに悪戯に鼻先を寄せてみたりと、一向に話を切り出そうとしない。

「あ、あの！　それで『お話』というのはなんでしょうか⁉」

耳朶に吐息がかかるのを感じ、ビクンと肩を跳ねさせて叫んでいた。

次の瞬間、目に映る景色が反転した。

「……え？」

私はマクシミリアン様に圧《お》しかかられて、ソファの肘掛けに後頭部を預けるような恰好で仰向けになっていた。

マクシミリアン様は目を見開いて固まる私の耳のあたりを掠め、トンッと肘掛けに腕を突く。

「きゃっ」

上から覆い被さるような彼の体勢に慄いて、思わず小さな悲鳴が漏れてしまい慌てて口を噤む。脈が跳ね、全身の体温が上がるのを感じた。

さらに清涼感のあるマクシミリアン様自身の香りがふわりと鼻腔を擽り、頭がくらくらした。

マクシミリアン様は射貫くような強さで私を見つめ、重く口を開いた。

「これからするのは、お前と俺の今後についての大事な話だ」

温度などないはずの声が、耳を焼いてしまうのではないかと思うくらい熱く感じた。

「は、はい」

果たしてこれから聞かされるのは、どれほど重要な内容なのか……。

なんとなく聞くのが怖いような、逃げ出してしまいたいような、不安が胸に湧き上がる。

その時、マクシミリアン様が肘掛けに突くのとは逆の手を持ち上げたかと思ったら、大きくて厚い手のひらで私の頬をそっと包み込んだ。

まるで宝物にでも触れるような丁寧さがこそばゆく、まろやかな温もりがじんわりと沁みてくる。しかし優しい手は、確実に私から退路も奪う。

逃げることなど許さないとでもいうように、視線がしっかりと彼に固定されてしまう。

強固な決意を宿した両眼から目が逸らせないまま、ゆっくりと開かれる唇が紡ぐ言葉に耳を傾ける。

「ヴィヴィアン、俺はお前を――」

――バッターン。

「ガブリエル国王、おやめください！」

「おーいマクシミリアン、いるのかぁ？」

ノックもなしに扉が開かれたと思ったら、近衛兵の制止を振り切って現れたガブリエル様ののんきな声が室内に響く。マクシミリアン様は瞬間的に私の上から退き、射殺すような目をして扉を振り返った。

「昨日はああ言ったけどよ、やっぱしひとり酒は侘《わび》しくっていけねえぜ。前言は撤回だ、昨日の酒の残りがまだあんだろ？　飲もう……って、なんだ？」

既にお酒が入っているガブリエル様は上機嫌に語っていたが、途中で室内の尋常ならざる空気に気付いたようで首を捻った。

「……ガブリエルよ、お前は俺になにか恨みでもあるのか？」

マクシミリアン様は目配せで近衛兵を下がらせると、ガブリエル様に向かって低く唸る。

「ハァッ？　いったいなんのことだよ？」

言い合うふたりを横目に、私はひとりぐるぐると思考を巡らせていた。

……さっきのマクシミリアン様の態度、まるで恋人に愛でも囁くようだった。もしかして、私が女だってバレたんじゃ……？

いや、私に対してそれは絶対にあり得ない。だって私は、女性からモテはすれど男性から好かれるわけがないのだ！

一瞬よぎった想像に青褪めるが、すぐに思い直した。

仮に女とバレたとしても、女性的な魅力がゼロの私を口説きたい男性なんているわけがない。だから当然、「愛を囁くよう〜」なんていうのは私の思いすごしで、マクシミリアン様の話というのはまったくの別件に違いない。

「まぁまぁマクシミリアンよ、わけのわかんねぇこと言ってねえで酒を出せや。楽しく飲もうじゃねえか」

大分できあがった様子のガブリエル様は、マクシミリアン様の首に腕を回して管を巻く。マクシミリアン様は、嫌そうにガブリエル様を引き剥がしながら私を振り返った。

「……はぁ。ヴィヴィアン、お前は部屋に戻れ。この飲んだくれにお前まで付き合うことはない。……続きは、また改めて話す」

「は、はい。では失礼します」

……少し気になるけど仕方ないか。

こうしてガブリエル様の登場によって話は後日に延期となり、私は若干の消化不良を残したままマクシミリアン様の部屋を後にした。


翌日、私はマクシミリアン様たちと共に憧れのヴィットティール帝国歌劇団の劇場にやって来た。

初めて足を踏み入れた劇場は凝った内装もさることながら、その場に満ちる凛とした気高い空気が圧巻だ。吹き抜けの高天井は開放感があり、高窓から注ぎ込む陽光がやわらかく肌を照らすのが心地いい。ロビーから大ホールへと続く階段にはレッドカーペットが敷かれ、壁には金細工の額に入った歴代スターの肖像画が等間隔にかけられていた。年代順に並んだスターの微笑みがホールへと誘《いざな》う仕掛けは、観劇に来た者の心をますます高揚させる。なんとも粋な計らいだ。

「ほぉ～、ここの空気はある種独特だな」

ガブリエル様が感嘆の息を漏らす。その横で私も思わず息をのんだ。

チラリと横目に見るマクシミリアン様も、柔和な表情で劇場を眺めていた。

その横顔は、一見では以前と変わらないようにも見える。しかし、ここに向かう車内で私を見つめる彼の眼差しは心なしか熱っぽかった。

おかげで私は、道中ずっと落ち着かなかった。

「この劇場は改装と改修を重ねながら、創設当時のままの面影を今に繋《つな》いでおります。おかげさまで当劇団は多くのお客様に支えられ、先日劇団創設百周年を迎えることができました。歴史の重みと言ってはオーバーですが、百年の歴史を持つ劇団は世界広しと言えど当劇団だけでございます」

美貌の女性が、耳に心地いいしっとりとした声音でガブリエル様に説明した。彼女は休演にあたっていたダブルキャストのヒロイン役の女優さんで、案内役の打診を快く引き受けてくれていた。

「なるほどな。たしかにうちの国にも百年の歴史を持つ劇団はない。それだけの歴史を背負って立つのだ、役者たちが舞台にかける思いは並大抵のものではないのだろう。あんたも、ここの劇団でヒロインにまで登り詰めただけのことはある。案内役も悪くはないが、今日の公演であんたの演技が観られないのが惜しまれる。……今日の公演は演舞が見どころだと言っていたな？　どうだ、今夜俺だけのために艶《あで》やかに舞ってみないか？」

「そのようにおっしゃっていただいて光栄ですわ。ですが、演舞はやはり広い劇場の舞台で臨場感を持って楽しんでいただきたく、我が国と国交が成立しましたら、その折に私の主演作をまた観にいらしてくださいませ。ガブリエル陛下には特別に最前列の中央、一番の良席をご用意いたします。国交の早期正常化が待たれますわ」

ガブリエル様の軟派な発言を微笑んでサラリと躱《かわ》し、その上国交正常化へと発破までかけてみせる。さすが、ヒロイン役の女優さんは伊達《だて》ではない。

ガブリエル様はこれに是とも否とも答えず、苦笑を浮かべるにとどめた。

「ところで殿下、そろそろ昼食にもちょうどいい頃合いかと存じます。観劇の前に劇場内のレストランへご案内させていただこうかと思うのですが、いかがでしょうか？」

女性は優美に微笑んで、公演前に予定していたランチへと話題を移す。

「おお、それはいいな。ちょうどよく腹も減ってきたところだ」

ガブリエル様は話題の転換をこれ幸いと鷹揚に頷いた。

実はヴィットティール帝国歌劇団では、最上階の展望レストランで一流料理人が手掛ける特製メニューが味わえる。しかし収容人数も少なく、レストランの席を確保するのは観劇チケットの入手以上に超激戦。それがなんと嬉しいことに、今回の視察に含まれているのだ。

「それでは皆様方、どうぞこちらへ。公演の演目をモチーフにした自慢のコースランチを存分にお楽しみくださいませ」

私も足取り軽く、女性の後に続いた。

最上階のフロアを目前に、ふとお手洗いに行きたくなった。

「すみませんが、少し失礼します。後から行きますので、皆さんで先に食事を始めていてください」

「あぁ、わかった」

私はマクシミリアン様に小さく断りを入れ、ひとり皆の輪から外れた。

そうして手洗いを済ませてフロアに出たところで、下から男性の言い合うような声が聞こえてきた。

……なんだろう？

階段ホールの手すりに歩み寄り、階下の声に耳を傾ける。

「我が劇団のみならず、一国の行く末に関わる一大事なのだぞ！　今さら公演の中止など伝えられるわけがあるか！」

「支配人、そうは申しましても主演俳優の代役など務められる者はおりません！」

え⁉　これは、主演の俳優さんになにかトラブルがあったのだ……！

耳にしてすぐに差し迫った状況が知れる。気付いた時には、階段を駆け下りていた。

情報誌にも登場する劇場支配人のドミニクさんと制作責任者のオリバーさんが言い合う姿が目に飛び込んでくる。

「ならば準主役の俳優に主演を演じさせればいい！　台詞くらい覚えているだろう！」

「主演はそれでなんとかなるやもしれません。しかし、それでは準主役の役はどうされるのですか⁉　開演まで二時間弱。皆が皆、配役のスライドに対応できるわけではありません。制作責任者として、到底認められません！」

声を荒らげるふたりを、劇団員が心配そうに見つめていた。およそ二時間後に舞台を控え、劇団員の多くは既に衣装の着替えと化粧を始めているだろう。

現実的に考えて、ここから配役のスライドというのはかなり無理がある。当日の配役変更というのは、相当の舞台経験と度胸がなければ熟せないのだ。かつての経験で、私はそれを身に沁みて知っていた。

……だけど、私ならばできる。前世の私は芸の世界に生き、舞台の中央であらゆる役を演じてきた。私にとって、演じることは息を吸うように自然なこと。

骨の髄まで沁み込んだ舞台経験と勘は、今でも寸分も色あせてはいないのだ。

「ドミニクさん、オリバーさん、今の話を聞かせていただきました。主演俳優の方になにかトラブルがあったようですね」

「あなた様はマクシミリアン陛下のお付きの……！」

ふたりの前に進み出て声をかけると、ドミニクさんは青褪めた顔でビクリと肩を跳ねさせた。彼は一度グッと口を引き結び、覚悟を決めたように唇を開く。

「僕はマクシミリアン陛下の近習のヴィヴィアンと申します。お願いがあります！どうか僕に、主演を任せてはいただけないでしょうか⁉」

ドミニクさんが声を発するよりも先に、私はその目を真っ直ぐに見据えて訴えた。

「なっ⁉　ヴィヴィアン殿、あなたはなにを血迷っておられるのですか⁉　主演俳優が怪我で降板を余儀なくされているのは事実です。しかし、主演俳優の代役というのはとても一朝一夕で熟せるものではなく……と、とにかく！　こちらで現在、対応を協議しているところでございます。対応が決まり次第ご報告いたしますゆえ、今しばらくお待ちくださいｉ！」

ドミニクさんは呆れを前面に滲ませ、言葉の後半は私の相手をする間すら惜しいといった態度だった。

「いいえ、血迷いごとではありません！　僕にはかつて舞台で演じていた経験があります。台本の速読暗記で一時間、絡みの多い相手役ヒロイン、及び、準主役との演技確認に三十分。残る時間で身支度を整えます。これで今日の主演を完璧に演じきれる自信があります！　必ず、舞台の成功をお約束します。そして、責任の一切は僕が負います！」

私のあまりの勢いに、ドミニクさんは困惑した様子で眉間に皺を寄せた。

「舞台経験と言ったね？　だが私は、君を見たことがない。君はどこの劇団で演じていた？」

質問は、オリバーさんからされた。彼の目は静かなのに、まるで私という人間の内側まで見通そうとでもするかのように鋭い。

「信じていただけるかわかりません。けれど、僕もまた百年の歴史を持つある劇団で主演を務めていました。劇団百年の重みを背負って舞台の中央に立ち、多くの公演を成功へと導いてきました」

オリバーさんと私の目線が絡む。

「………」

互いに言葉のないまましばし見つめ合い、その後、オリバーさんがフッと目線を外した。

「支配人。私は彼に本公演の主演を任せたいと思います」

「おい⁉ 君までどうかしているぞ‼ 彼のようなズブの素人に主演など――」

「彼のこの目を前にしてもあなたが本気でズブの素人と思うなら、なおさら舞台制作については口を噤んでいただきたい！ 私の責任でもって、彼を主演に指名する！舞台づくりの総責任者は私だ‼」

ドミニクさんの言葉を割り、オリバーさんが声を張る。

「っ、君がそこまで言うのならそうするがいい！ その代わり、相応の責任は負ってもらう！」

ドミニクさんは苦虫を噛み潰したような顔で吐き捨てる。言葉や態度はともかく、支配人という立場でこの決断を下すには相当の覚悟が必要だったはずだ。

「ありがとうございます‼」

私とオリバーさんは声を揃えて心からの礼を叫び、ドミニクさんに頭を下げた。

こうして急転直下、私の主演が決定した。

「これが台本だ」

オリバーさんから、慌ただしく台本を受け取る。

「ありがとうございます！　控室をお借りして、一時間で覚えてきます！　その間、部屋には誰も入らないようにしてください！」

「わかった。私たちは衣装の調整をしておく」

「……あ！　それから申し訳ないのですが、どなたか上のレストランにいるマクシミリアン様に、僕が合流ができなくなった旨、伝えておいていただけないでしょうか」

「承知した。マクシミリアン陛下には私から説明をしておこう」

私の訴えには、一歩後ろに立ってやり取りを見ていたドミニクさんから了承があった。

「よろしくお願いします！」

私は台本を手にひとり舞台袖の控室に篭もり、さっそく台本の速読暗記に取りかかる。

ピンと張り詰めた緊張感が心地よかった。自分の中でどんどん集中力が高まって、感覚が研ぎ澄まされていくのがわかる。

パラパラと台本をめくるのと同じ速さで目が文字を追う。目にした文字は、頭の中で即座に映像となって結ばれていく。もちろん私は映像の中で主人公になって、その役どころを演じていた。

そうして台本を読み始めてからジャスト一時間後、早送りの脳内映像が幕を閉じる。

……よし、台詞と舞台上での動きは覚えた！

私は控室を出て、舞台へと駆けた。舞台では、出演者とスタッフの全員が私の登場を待っていた。

「お待たせしました、台本はすべて暗記しました！　いくつか動作の確認をしておきたいところがあります！」

私の第一声に、方々から「まさか！」「嘘だろう⁉」といった驚嘆の声が聞こえてくる。

「すべてのシーンをさらっている時間はありませんので、ひとまず一幕の戦闘シーンと、ラストのデュエットダンスの確認をお願いします。あとは間合いを見ながら、即興で動きます！」

指定したのは、敵方に扮した準主役と繰り広げる激しくも美しい剣舞。そして、軽やかな衣装を纏ったヒロインをリードして優雅に踊るラストのダンスパート。

重要なふたつの場面を準主役、ヒロイン役のふたりと実際に演じながら、舞台上の細かい立ち回りを確認していく。

初めて一緒に舞台に立ったとは思えないくらい、ふたりと演じるのは流れるように自然だった。出演者らはもとより、少し距離を置いて不安げに眺めていたドミニクさんも息をのんで、ピッタリと息の合った私たちの演技に見入っていた。

ダンスパートを踊り終え、決めのポーズで弓なりに背中を反らしたヒロイン役の女優さんを支え起こすと、私は皆に向き直って口を開く。

「実は、このラストに関して一点ご相談があります」

今公演の演目は、代表的な古典作品。国の分断によって愛し合う男女が分かたれて、死を選ぶ悲恋だ。

なんとなく、今のヴィットティール帝国とアンジュバーン王国に通じる部分もある。

両国の男女が惹《ひ》かれ合ったとしても国交がないのだから、現状でふたりが結ばれる未来はない。

……明るい未来に繋がるラストだといいのに。

これはガブリエル様を観劇に案内すると聞いた時にも、思っていたことだった。

「ご存知の通り、今公演はアンジュバーン王国のガブリエル陛下が観劇されます。国交の正常化を目指し、対話の席に着こうとしている陛下に観ていただくには、未来に繋がる明るいラストが相応《ふさわ》しいのではないかと」

「私も、そう思っておりました！　もちろん古典作品としての完成度や、観る者の心に余韻を残す悲しくも儚いラストの素晴らしさは理解しています。けれど、アンジュバーン王国と新たな展望を拓《ひら》こうとしている今は、違う解釈があっていいのではないかと考えます」

「自分も同じことを考えていました！」

「私もです！」

私の意見に、まずヒロイン役の女優さんが、次いで他の出演者たちも次々と賛同を示す。声は舞台上を波のように広がっていった。

「静かに！　皆、聞いてくれ」

騒めきを割ったのは、舞台袖から進み出てきたオリバーさんだった。皆の視線が彼に注ぐ。

「今公演のラストを修正する」

オリバーさんの言葉に、舞台上がワッと沸き上がる。

「修正台本を間幕までに仕上げる！　間もなく幕が上がる。ラストシーン以外に変更はないから、各自持ち場につき上演に備えろ！」

「「はい！」」

続くオリバーさんからの指示で配置へと向かう各々の表情は明るかった。

「ではヴィヴィアン様はこちらへ！　お着替えと化粧をお手伝いいたします！」

「お願いします！」

出演までに支度時間はわずかだ。衣装スタッフに手招かれ、大急ぎで駆け出した。

「ありがとう、ヴィヴィアン殿！」

背中に声をかけられて振り返ると、オリバーさんが真剣そのものの目で私を見つめていた。

「私は君の言葉で目が覚めた。舞台作品というのは制約が多く、中でも歴史ある作品の話筋を変更することはタブー視されていた。しかし、そういったしがらみを別にすれば、私も今公演のラストはこれではないと、ずっと考えていたんだ。私の仕事は観る者に最高の舞台作品を届けることだというのに、その初心を忘れかけていたようだ。

君がそれを思い出させてくれた。この上は、最高のラストに仕上げてみせる！」

「楽しみです！　一緒に最高の舞台を作りましょう！」

オリバーさんは力強く頷いて答える。私たちはそれぞれの役割を果たすべく、走り出した。

＊＊＊

思いの外、ヴィヴィアンの戻りが遅かった。

ホスト役の俺がガブリエルを残して彼女を捜しに向かうことも憚られ、気にしつつも表面上は穏やかに食事と会話を進めていた。

そうしてメイン料理のひと皿目・魚料理が配膳される段になり、レストランのエントランスに予期せぬ人物を認めた。

……あれは、支配人か？

初めはガブリエルへの挨拶だろうかとも思ったが、予定にない上に、わざわざ食事の最中にやって来る無作法など普通に考えてあり得ない。

……まさか、なにかトラブルではあるまいな。

「ガブリエル陛下、申し訳ないが少々失礼する」

ひと声断って席を立ち、エントランスに向かう。案内役の女優はチラチラとこちらを気にしていたが、俺が「君はそのままで」と目配せすると、そのまま席にとどまった。

「マクシミリアン陛下、お食事中に失礼いたします。ヴィヴィアン様の件でお伝えしておきたいことがあり、まいりました」

「こちらで聞こう」

ガブリエルらの席から見えぬよう場所を移り、支配人に事情を問う。

「ヴィヴィアンが代役に名乗り出ただと⁉　なにを馬鹿なことを言っている‼」

状況を聞かされて、思わず叫んでいた。主演俳優の怪我それ自体より、ヴィヴィアンがその代役を演じるという報告が俺を激しく動揺させた。

「俺にこんなふざけた報告を上げる前に、支配人であるお前が止めるべきだろう⁉　ヴィヴィアンに役者の真似事などできるはずがないというのに、なぜ代役を認めたのだ⁉　……もういい、ガブリエル陛下には事情を説明し公演の中止をお伝えする！」

なにがどうしてこんな馬鹿げた状況になっているのかはわからないが、俺の唯一無二の伴侶となる大切な彼女が舞台上で恥をかかされるなど到底認められるものではない。

お人好《ひとよ》しな彼女がなにかの手違いでこんな状況に追い込まれているのなら、なんとしても俺が阻止しなければならない。

「お、お待ちください！」

支配人の制止の声を振り切って踵を返す。すると支配人は、あろうことか俺のマントを掴んで引き止めた。

「なにをする！　無礼であろう！」

「ご無礼をお許しください！　しかしながら、中止のご判断だけはなにとぞ考え直しをお願いいたします！　私も当初、ヴィヴィアン様の代役に耳を疑ったひとりでございます。ですが、台本の一時間での速読暗記を宣言し、ある種異様な集中力で取りかかるお姿を目の当たりにし、考えを改めざるを得ませんでした。ヴィヴィアン様は間違いなく、役者として天賦の才をお持ちでございます！」

「……ヴィヴィアンに、役者の才だと？」

さらに一時間で一公演の通し台本を丸暗記だなどと、そんなことが果たして実現できるのだろうか。

平身低頭で訴える支配人の言葉は俄《にわ》かには信じ難く、嘘ではないにしろ多分な誇張を含んでいるとしか思えなかった。

「紛れもない事実でございます！」

胡乱《うろん》げに見下ろす俺を、支配人はしっかりと見据えて答える。

……馬鹿馬鹿しい！　頭では、公演中止の判断がこの場の最善だとわかっていた。

しかし、支配人の鬼気迫る表情を前にして、無下に一蹴することができなかった。

熱意に絆《ほだ》されたわけではないが、もし仮に彼の言葉が事実なら舞台上を駆けるヴィヴィアンが見られる、そんな好奇がよぎった。

「……いいだろう。ヴィヴィアンが代役の公演開催を認めよう」

そんな思いに衝き動かされ、俺は博打のような公演を容認していた。

「ただし、この決定はお前自身にもそれなりの責任が伴うこと、承知しているのだろうな？」

報告を受け、俺が認めた。だから責任はすべて俺にある。その上であえて試すように質したのは、支配人の覚悟が知りたかったからだ。

「重々、承知の上でございます」

「そうか。では開幕に向けて劇団一丸となって励めよ」

「はい！」

俺は支配人に言い置き、食事の席に戻った。

「なんだマクシミリアン、ヴィヴィアンが戻ってきたんじゃなかったのか。あいつは一緒に食わんのか？」

席に戻った俺に、ガブリエルが空席を横目に見ながら首を捻った。

「ヴィヴィアンは大役を担うことになり、とても飯どころではなさそうだ」

「なんだそれは」

「失礼いたします」

ガブリエルは小さく眉間に皺を寄せたが、メインの二皿目・肉料理が運ばれてくると、ヴィヴィアンについてそれ以上尋ねてはこなかった。

「……ほう、これはもしや鹿肉か？　アンジュバーン王国ではあまり食さんな」

「聞き及んでいる。しかし我が国では古くから、鹿やイノシシなどの鳥獣料理は〝ジビエ〟と呼ばれ親しまれている。今回は我が国の文化を知ってもらう意味であえて用意した」

ガブリエルはナイフとフォークで切り分け、興味深そうに口にする。

「……ほう。家畜とはまた違う、滋味深い味わいだ。悪くない」

ガブリエルは鹿肉を噛みしめるようにして、こう評価した。

「〝ジビエ〟の醍醐味は豊かな風味とその栄養価の高さ。口に合ったようでなによりだ」

「うむ、まさか鹿がこんなにうまいとはな」

「とはいえ、この風味を求めるとなると、鳥獣ならなんでもいいというわけにはいかん。餌により肉質は大きく異なり、ある程度狩猟場は厳選しなければならない」

「なるほどな」

ガブリエルは俺の説明に頷きながら、鹿肉料理を完食した。

二時間ほどの時間をかけてコース料理に舌鼓を打った後、俺たちはついに大ホールへと場所を移した。

表面上は平静を取り繕っていても、これから舞台に上がるヴィヴィアンのことが気になって、まるで心が落ち着かなかった。

「本日の演目は『ロミエとジュリエッテ』。国を問わず、広く知られた名作でございます」

「ハッ！　それくらいなら俺でも知っている。愛し合いながら国の分断で結ばれなかったしけた話……っと、ゴホン。つい本音が出ちまったが、まぁ気にするな」

案内役の女性のこめかみが、ガブリエルが口にした『しけた話』の件でピクリと、ほんのわずかに動く。それに気付いたからなのかはわからないが、ガブリエルはこれ見よがしな咳払《せきばら》いの後、フォローになっているんだかいないんだかよくわからない台詞を続けた。

「どうやら話の大筋はご存知のようですね。本公演で主演を務めますダミアンは――」

「説明の最中にすまんが、先ほど支配人から報告を受けた。主演はそのダミアンから別の俳優に交代になったそうだ」

「そうなのですか⁉」

俺の言葉に、いまだ事情を知らされていない案内役の女性は、目を真ん丸にしてガバッとこちらを振り仰いだ。

「ほぉ」

驚きを隠せない女性をよそに、ガブリエルはニヤリと口角を上げた。少々悪いその笑みが、我が国のアクシデントを高みから楽しんでのものなのか、あるいはヴィヴィアンの関与まで想定したものなのかはわからなかった。

そうこうしているうちに、開演を告げるブザーが響き、幕が上がる。

暗転した舞台がスポットライトで照らされて、スラリとした体格の美貌の青年が浮かび上がる。

……あれは、ヴィヴィアン！　愛しい彼女の凛とした立ち姿を目にした瞬間、胸が歓喜に震える。彼女の主演は事前に聞かされて知っていても、実際にこの目で見た驚きは大きかった。

もともと彼女には不思議な華があったが、クラシカルな舞台衣装を身に纏い化粧を施した姿は浮世離れした美しさ。さらに体格だけで言えば他の演者に比べて小柄だったが、緩急をつけたキレのある演技で舞台上の誰よりも大きく、そして輝いて見えた。とにかく舞台の上で見る俺のヴィヴィアンは、その存在感が飛び抜けていた。

「ハッ！　これはいい！　今日の舞台は間違いなく、これまでに観たどれよりも楽しめそうだ」

隣の席のガブリエルが、主演の代役がヴィヴィアンだと気付き、期待半分冷やかし半分に声をあげた。

俺はガブリエルの軽口に答える間すら惜しみ、彼女の一挙手一投足、一言一句とその息づかいまで見逃さぬよう、聞き逃さぬよう、食い入るように壇上を見つめていた。

「……やれやれ。なんて目で見ているんだか」

ガブリエルが何事か呟いたような気もしたが、集中する俺の耳には意味あるものとして届かなかった。

それっきりガブリエルは口を閉ざし、以降は彼自身も身じろぎひとつせず、観劇に意識を集中させていた。

ヴィヴィアンの舞台は魔力でも秘めているかのように、観る者をその世界に引き込んでしまう。実際にそこに自分が生きているかのような臨場感で、その世界が体感できるのだ。

場内アナウンスが流れて舞台が間幕に入っても、俺は第一幕の余韻に痺れ席を立つことはおろか、ガブリエルに気の利いた言葉ひとつかけられずにいた。

……ヴィヴィアンは観る者を魅了する、まさに天上の女神だ。

美しい女神を俺以外の誰の目にも晒したくない。俺の腕の中に閉じ込めて、その瞳に俺だけを映してほしい。こんな圧倒的な独占欲が己の内で燃え上がる。

昨日はガブリエルに機会を奪われたが、今夜こそ俺は彼女に想いを告げる！　そして彼女を永遠に俺だけのものにするのだ――！

決意を込め、膝上で拳を握りしめた。

そんな俺の隣でガブリエルは案内役の女性共々、深く座席に腰掛けたまま幕の下りた舞台を見つめていた。

「驚いたな。正直、こんなに引き込まれる舞台は初めて観たぞ」

口火を切ったのはガブリエルだった。

「特段演劇に造詣が深いわけではないが、ヴィヴィアンの見せ方は独特で斬新だ。なにより色気があるし、華があって大きく見える。こんな演技手法は初めてだが、実におもしろい」

彼の感想は、俺が抱いたそれとピタリと重なる。

「手前味噌に自国の劇団を褒めそやすのは憚られるが、俺もこんな演劇を観たのは初めてだ。正直、驚いている」

「はっ！　自国も他国もない、いいものはいいと声高に叫べばいい」

「そうだな」

立場上、俺たちはかなり目が肥えている。その俺たちをもってしてもヴィヴィアンの演技は相当に素晴らしいもので、その才覚を疑う余地などなかった。

一時間やそこらの準備で観る者の目を奪う演技をしてみせたことはもちろん、女の性を秘して俺の近習を完璧に勤めていることにしてもそうだ。多少のドジを差し引いても、ヴィヴィアンはそこいらの侍従など比較にならないほど優秀だった。

しかし、これを容易になしてしまうヴィヴィアンとはいったい何者なのか……。

彼女の才能に感嘆しつつ、胸には疑問も湧き上がった。

やがて場内にブザーが鳴り、第二幕の幕開けを告げる。

これを合図に劇場内……特に、ざわついていた幕裏の舞台上がシンッと静まった。

実は、直前まで幕一枚を隔てた舞台上では、役者たちが慌ただしく行き交う気配が絶えなかった。怪訝に感じつつも、俺はこれを急な主演変更に付随する確認をしていたのだろうと結論付けていた。

とにかく今は胸に生じた疑問や間幕中の違和感やらに蓋をして、始まった第二幕に意識を集中させた。

そうして舞台上をところ狭しと駆け回るヴィヴィアンを眩しい思いで眺めていると、ふと疑念が浮かんだ。

……果たして『ロミエとジュリエッテ』とは、こんな話だっただろうか？

演技が終盤に差しかかり、疑念は確信に変わる。

『長きにわたる戦は終わり、我らの祖国は共に手を携え永久の平和へと進み始めた。愛しいジュリエッテ、我が妻よ！　私たちも夫婦となり、永遠に続く愛の道を歩み出そう‼』

まさかラストシーンが改変され、ロミエとジュリエッテの祖国は和平を結び、ふたりは今生で愛の成就を成し遂げていた。

『おお、ロミエ‼』

舞台上でロミエとジュリエッテはひしと抱き合い、見えそうで見えない絶妙な角度で口づけを交わす。

オーケストラの演奏にのって、ふたりは手に手を取ってヒラヒラと踊りだす。今日が初合わせとは思えないほどヴィヴィアンたちのペアダンスは息が合っていた。

幕が下り、劇場を後にする頃になっても目に焼き付いたように華麗な演舞の残像と心に残る幸福な結末の余韻は消えなかった。

するとここで、隣のガブリエルから低い唸り声があがる。

聞き付けて目線を向ければ、なぜかガブリエルは眉間にクッキリと皺を寄せ、口をへの字にして右に左に首を捻っていた。

「すごい顔をしているぞ。どうした？」

俺の声が届いていないようで、ガブリエルは難しい顔をしてぶつぶつと念仏のように唱え続ける。

「……やはり俺の思いすごしなのか？　しかし、あの細腰、あの華奢な骨格、なによりあの匂い立つような色香……。そもそも、百戦錬磨のこの俺が女を嗅ぎ分けられないわけがないのだ。ならば、導き出される答えはひとつ……」

口内で囁かれるゴニョゴニョとくぐもったそれはまともな音を結ばない。

……いったい、なにをブツクサ言っているんだ？

「おいガブリエル、舞台の感動はわかるがいつまでそうしているつもりだ」

ガブリエルの態度を訝しみつつ尋ねるが、一向に答えは返ってこない。

……ふむ、変わった感動表現もあるものだ。

唸り続ける彼を横目にして、俺はあり余る感動が少しばかり頭をおかしくしているのだろうと結論付ける。

どちらにせよ、今はこれ以上声をかけても無駄だろう。

「俺はこの後の確認がある。先に行くが、ガブリエル陛下には、ひと息ついてからゆっくり馬車の方に回ってもらってくれ」

俺は案内役の女性に言付けると、担当官に次の視察先の状況を確認するため、ひと足先に席を立った。

次の視察先の準備が万全との報告を受け、身を切る思いでヴィヴィアンを待たずに向かう決定をした。

今が国の行く末がかかる重要な視察の最中で、ガブリエルを最優先にするべきだと頭でわかっていても、将来の伴侶となる大切なヴィヴィアンを置いていくことは半身をもぎ取られるような苦しさを伴った。

せめて彼女が帰宮の足に困ることがないよう余剰の馬車を一台待機させ、研究所に向かう馬車に乗り込む。

……ヴィヴィアンよ、ひとり置いていってしまい本当にすまない。

車内でガブリエルを待ちながらも、頭からは一向にヴィヴィアンのことが離れない。実は今回、ヴィヴィアンの新たな一面を目の当たりにしたことで、俺の心境に変化が生じていた。彼女を望む想いに、これまでの自分本位な恋情だけではない新たな感情が加わったのだ。

舞台上のヴィヴィアンは圧倒的な気品と存在感で、人々の目を釘付けにした。彼女は微笑みひとつで見る者の心を魅了し、胸を温かで前向きな気持ちで満たすことができる。それは彼女だけが持つ、稀有で得難い天性の才だ。

きっとヴィヴィアンは、その場所を俺の隣に移しても、霞むことなく輝きを放ち続けるだろう。皇妃の座は、彼女の魅力が存分に発揮できる最高の舞台となるに違いない。

ヴィヴィアンを我が妻に、そして我がヴィットティール帝国の国母に――！

きつく前を見据え、決意を胸に刻んだ。

――ガタンッ。

その時、馬車の扉が開きガブリエルが現れた。控えの者にでも預けたのか、ずっと羽織っていたはずのマントは消えていた。

「やっと来たか、すまんが少し予定が押しているぞ。次の視察先は、最先端の設備を誇る国立研究所だ。本来、外部公開は一切しないのだが、今回は特別に主席研究員から最新の研究を披露し――」

「マクシミリアン、決めたぞ」

馬車に乗り込んでくるや、ガブリエルは不遜な笑みを浮かべて俺の言葉を割った。

少々目に余る無作法な態度に、眉間に軽く皺が寄る。

「決めたとはなんのことだ？」

若干の不満を滲ませて問う。

「当然、国交正常化だ！」

唐突に告げられた『国交正常化』のひと言に、一瞬我が耳を疑った。

「……本気か？」

固唾《かたず》を呑みながら、その真意を確認する。

「ああ！　そして我らの国も、ロミエとジュリエッテの祖国のように、国を跨《また》いだ婚姻を可能とするぞ！」

続くガブリエルの言葉に、俺は目を見開いて固まった。

兄弟の進む道

……どうしよう。

控室から身支度も半ばのまま飛び出した私は、劇場の裏口を出たところで、ひとり途方に暮れていた。

しかも下こそ自前のズボンを穿《は》いているが、上半身は素肌に直接マントを巻きつけただけの恰好だから、スースーと風が抜けて少し寒い。

借り物のマントをキュッと首もとに引き寄せたら、肌触りのいいジャカード織りのシルク地が、やわらかな温もりを与えてくれた。

一方で、胸には一層寒々しい思いが募る。

先ほどのガブリエル様とのやり取りが、暗雲のように胸に陰りを落としていた。

この陰りがいったいなにに付随するものなのか、話は舞台閉幕の直後まで遡る――。

幕が下りると、劇団員全員が舞台袖に集まり、円陣を組んで舞台の成功を喜び合った。

円陣を解いてすぐ、ドミニクさんが私に歩み寄ってきた。

『ヴィヴィアン殿、両陛下は大層お喜びのご様子。君のおかげで大成功だ。感謝してもしきれん』

『やめてください。僕のおかげだなんてとんでもない。これは全員で引き寄せた成功です。なにより突然湧いて現れた僕を受け入れてくださったこと、僕の方こそ感謝しきりなんですから』

ドミニクさんが頭を下げようとするのを慌てて制す。

すると彼は柔和な笑みを刻み、私を見つめた。

『無理を承知で言おう。我が劇団に来ないか？　そうして私たちと、人々の心震わせる舞台を作ろう。君と我々でなら、それができる』

……かつては舞台が私の居場所であり、生きる場所だった。

だけど、役者だった前世の私は人生を終えた。そして、今を生きる私の居場所は舞台とは別にある。

『ありがとうございます。お誘いをいただけたことは光栄です。ですが僕はマクシミリアン陛下の近習で、陛下のおそばが自分の居場所と心得ています。舞台はとても魅力的な場所ではありますが、僕の居場所にはなり得ません』

『そうか。……残念だが、その答えはわかっていたさ』

ドミニクさんはヒョイと肩を竦め、軽い調子で答えた。

『ヴィヴィアン様。ペアダンスであなたのリードを受けて、背中に羽でも生えたように軽やかに踊れました。正直、こんな感覚は初めてです。私たちはいつでもあなたを歓迎いたしますわ。もし心境の変化があれば、再考してくださいませ』

共に舞ったヒロイン役の女優さんがやわらかく微笑む。

『私も君を歓迎する。ヴィヴィアン殿には演者以外にも演出や振付、いろいろな才がありそうだ。だから極論を言えば、老いて近習をリタイアした後の選択肢のひとつでいい。うちはいつでも、君に門戸を開いているよ』

オリバーさんは熱の籠もった眼差しで、私を有頂天にさせるこんなに嬉しい言葉を送ってくれる。

多分なリップサービスが含まれているにしても、まさか『リタイアした後の選択肢のひとつでいい』とまで言ってもらえようとは……。

本当に我が身に余る。だけど優しさの詰まったそれは、確実に私の胸を熱くする。

『皆さん、ありがとうございます。僕は今日、こうして皆さんと同じ舞台を踏み、同じ時間と感動を共有できたことを光栄に思います。……本当に、ありがとうございました』

喉もとにグッと込み上げてくるものをこらえながら、精一杯の感謝を口にする。

気の利いたことはなにひとつ言えなかったけれど、偽らざる思いを率直に伝えた。

皆はそれに、やわらかな拍手で応えてくれた。

目に薄く滲んだ涙の膜がブワリと膨れ、眦《まなじり》から珠を結んでホロリと落ちる。手の甲で乱暴に拭い、最後は劇団員ひとりひとりと握手を交わして健闘を称え合った。

『この後、打ち上げがあるんだがヴィヴィアン殿はどうですかな？ 一応陛下からは《次の視察の兼ね合いで先に出発する。後の予定に無理に合流する必要はないから、劇団員らと親睦を深めてこい》との伝言を受けておりますが』

『せっかくですが、僕はマクシミリアン陛下に合流します』

全員と握手を終えたところで、ドミニクさんからの誘いには、首を緩く横に振る。

『承知した。控室に化粧落としなど身支度に必要な物は揃えておりますので、自由にお使いください』

『ありがとうございます』

控室に戻るや衣装を脱ぎ、さらし一枚になって化粧を落とし始めた。無防備な恰好ではあるが、項《うなじ》や首にまで施した舞台化粧を落とすには仕方なかった。

――コンコン。

そんなメイクオフの最中に扉が叩かれて、ビクンと脈が跳ねる。慌てて扉に向かって声を張った。

『す、すみません！　まだ支度中ですので――』

――ガチャン、――ギィイィ。

えっ⁉　なんと私の言葉の途中でドアハンドルが回され、扉が引かれていた。

許可を待たず入室しようとする不届き者への驚きや怒りより、恐怖が先に立つ。一気にスーッと血の気が引いた。

っ、いけないっ‼　ほとんど裸の恰好にハッとしてタオルを胸に引き寄せたのと、入室者が長靴の音を響かせて私の脇までやって来たのは、ほとんど同時だった。

『ほぉ。化粧とは顔だけでなく、そうも広範囲に塗っていたんだな』

『ガブリエル様！』

頭上に響くのんきな声はガブリエル様のそれだった。

『あ、あの。見ての通り僕はまだ身支度の最中でして、このような恰好を晒していては陛下のお目汚しになってしまうかと。よろしかったら、ロビーでお待ちいただけませんか』

国交正常化を目指して招待している国賓の無作法を咎め立てできるわけもなく、私はタオルをギュッと胸に押し付けながらこんな風に申し出るのがやっとだった。

『なに、構わんぞ。俺はもともと王位継承順位は低く、いっときは男所帯の軍に身を置いていたこともある。今さらお前の全裸を晒されたとて、なんとも思わん』

……どうしよう。

まったく出ていく気配を見せないガブリエル様を前に、焦りが深まる。心臓が口から飛び出してきそうなくらいバクバクと鳴っていた。

『それとも、なんだ？　俺にここにいられてはまずい事情でもあるのか？』

っ‼　ガブリエル様が身を乗り出し、鼻先が触れそうな近さに顔を寄せられてヒュッと息が詰まる。

私を見下ろすヘイゼルの瞳は、まるで捕食者のようだった。獲物をいたぶって追い詰める残酷さの滲むそれだ。

『い、いえ。決してそういうわけでは……』

カラカラになって張り付く喉から絞り出すように声を出すも、頭の中は真っ白で、満足な言い訳ひとつ浮かんでこない。

言い淀《よど》む私に、ガブリエル様は酷薄に笑みを深めた。

次の瞬間、日に焼けた逞しい腕が伸びてきたと思ったら、胸にあてたタオルを掴まれる。

『やっ⁉』

グンッと強い力で引かれ、止める間もなくタオルは私の手から離れていった。

遮るものなく、彼の目に胸にさらしを巻いただけの体が映る。さらし越しとはいえ、こうなれば男性のそれとは違うささやかな膨らみに気付かれないわけがなく、ヘイゼルの双眸《そうぼう》が一度見開かれ、次いでスッと細くなった。

『……ほう。近習のお仕着せの下に、よもやこんな秘密を隠していようとはな』

全身が縮み上がり、喉の奥がカラカラになって張り付く。

頭の中は真っ白で、震える唇からまともな声は結ばれず、細切れの呼吸を繰り返すばかりだった。

『おいおい、そんな顔をするな。俺は別に責めているわけではないぞ。むしろ、こんなにおもしろいことはない』

続くガブリエル様の言葉は、私にとってなんの慰めにもなっていない。それどころか、喜色の篭もった『おもしろい』の一語は私の胸に一層の恐怖を呼び起こした。

『初めからお前のことはおもしろい奴だと思っていた。マクシミリアンがお前に色めいた目を向けるのを囃《はや》し立て、笑ってもいた。だが、お前が女ならば話は別だ。俺とアンジュバーン王国に来い。そして俺の妻になれ』

なっ⁉

一瞬、言われたことの意味が理解できなかった。けれど一拍の間を置いて理解が下りてくれば、ふつふつと胸に怒りが湧き上がる。

もう、ガブリエル様のおもしろがるような目も恐ろしいとは思わなかった。

『お前が俺のものになるのなら、即時の国交樹立を約束しよう。どうだ？』

ガブリエル様は笑みを刻んだまま掴んだタオルを放ると、その手を私の下顎にかけて上を向かせ、一国の王としてあり得ない言葉を続ける。

『ふざけないで！　あなたの発言は私やマクシミリアン様はもちろん、アンジュバーン王国民をも侮辱しているのですよ⁉　そんなあなたの戯言など、まともに取り合うのも馬鹿馬鹿しい！』

聞くに堪えず、気付けばガブリエル様の手を払い叫んでいた。

しかし、控室に反響する自分自身の声を耳にして、なんて大それたことをしたのかと青くなった。ただしそれは、ガブリエル様に働いた不敬によって課されるであろう、自身への罰に怯えたからではない。

アンジュバーン王国との今後の外交交渉を困難にさせてしまったかもしれないこと。それによってマクシミリアン様の立ち位置が難しくなること。思い至ったそれらが、私を激しく動揺させた。

マクシミリアン様の治世に私が影を落とすことになっては、謝っても謝りきれない。激しい後悔の念に駆られながら俯き、必死に脳内でこれから私が取るべき最善策を模索する。

すると、逡巡する私の頭上でフッと笑む気配がした。

『……やはり、お前は俺の妻になれ。金でも一族の地位でも、お前が望むすべてを与えるぞ』

ハッとして顔を上げたら、ガブリエル様がヘイゼルの瞳を柔和に細めて告げる。

彼の発言は想像と違っていた。しかもそれは、ある意味私が想像したどれよりも芳しくない反応でもあった。

『で、ですから……、っ!?』

なんと説明したものかと内心で頭を抱えながら口を開きかけたら、ガブリエル様が吐息がかかる近さにズイッと顔を寄せた。

その眉間にはクッキリと皺が刻まれ、唇は真一文字に結ばれている。彼は隠そうともせず、不機嫌なオーラを全開に漂わせていた。

『なにが不満だ？　王たる俺が求め、他の女たちには睦言《むつごと》でだって口にしたことのない破格の条件を出した。この上、なにを望む？』

この時、ムッとしたように詰め寄るガブリエル様を前にして、私が覚えたのは不謹慎にも親しみだった。

その姿は駄々っ子な少年めいて、図らずも母性本能を擽られる。

『ガブリエル様の言葉は、マクシミリアン様への反骨心が言わせていますよね？』

フワッと肩から力みが抜け、自然体で語りかけていた。

『……なぜ、そう思う？』

『私の勘ですが、ガブリエル様とマクシミリアン様の関係は親友《ライバル》なのではないかと。おふたりの根底にあるのは互いの幸福を願う静かな感情ではなく、火花散るような激しいライバル心のように感じるのです』

これは、星空の下で酒を酌み交わすふたりを見ていて思ったことだ。

私の指摘に、ガブリエル様はわずかに目を見開いた。

『正直、ガブリエル様が先におっしゃった《マクシミリアン様が色めいた目を私に向ける》という発言は理解しかねるのですが、マクシミリアン様が近習として仕える私に心を砕いて重用してくださっているのは事実だと思います。言い方は悪いですが、私にはガブリエル様がそんなマクシミリアン様の愛用品を横取りしようとしているように思えてなりません』

ガブリエル様はきっと、親友《ライバル》が得たそれと同じものを、自分も手に入れたくなったのだ。

『ははは っ！　その喩えはおもしろいな。マクシミリアンの愛用品を奪ってやろう、か。……ふむ、考えたこともなかったが、もしかすると俺の深層にはそんな心理もあるのかもしれん』

ガブリエル様はカラカラと笑った後、一定の納得を示した。

『では、きっかけは《マクシミリアンへの反骨心が言わせた》でいいだろう。しかし今の喩えを聞いて、ますますお前を連れて行きたくなった。俺の妃は、やはりお前だ』

ところが、ホッとしかける私にガブリエル様はさらなる爆弾を投下した。

『そ、それは勘違いというものです！　だってあなたは、私のことを《おもしろい》と評しました。どう考えても、それは愛ではあり得ない。少しばかり毛色の異なる私への、単なる好奇です』

『お前はおかしなことを言う。俺の胸に芽生えた好奇が一生涯潰えぬ感情であるならば、人はそれを愛と呼ぶのだ。俺の妃となり、その目で俺の愛を確かめればいい』

捕食者のようだったガブリエル様の瞳は一転、真摯な光をたたえて真っ直ぐに私を見つめていた。私が視線を逸らすこともできず、目を真ん丸にして固まっていると、彼がフッと頬を緩めた。

え？っと思った時には、整った造作がドアップで迫っていた。

そうして今まさに唇の表層にふわりとした感触が——。

『うわぁああっ⁉』

気付いた時には、ドンッとガブリエル様を弾き飛ばし、ついでに彼が羽織ったマントを力任せに引っぺがして駆け出していた。

私は頬骨から下半分化粧を残したまま、奪ったマントを巻きつけて控室から逃げた——。


そうして無我夢中で劇場のバックヤードを走り抜け、見つけた裏口を飛び出して、冒頭の『どうしよう』へと繋がるのだ。

「はぁ……」

晴天の空を仰いでも、口を衝いて出るのはため息ばかり。

そもそも、『どうしよう』の悩みがひとつじゃない。

頬骨から下半分化粧を残した斑な顔を、どうしよう。

ひとたびマントがめくれれば変質者確定の上半身裸の恰好を、どうしよう。しかもこのマント、借り物と言えば聞こえがいいが、実際は強奪したマントだ。

皇宮への帰り道だって大問題で、銭入れが入った上着は控室に置いてきてしまった。一文なしでは、街道で馬車を捕まえることもできない。

ここから皇宮まで歩いたら、帰り着くのはいったい何時になることやら。

だけどなにより頭が痛いのは、ガブリエル様に女とバレ、求婚され、突き飛ばして逃げ出したもろもろに対する『どうしよう』だ。

「はぁあぁ～」

もう何度目ともわからぬため息がこぼれた。その時、馬車止めの方向からパタパタと駆けてくる足音が聞こえた。

「あー！　ヴィヴィアン、いたいた！」

呼び声に驚いて振り返ると、満面の笑みを浮かべたハミル殿下がふわふわの耳を揺らし、モコモコの長い尻尾をなびかせてこちらに向かって一直線に走ってくるではないか。

「ハミル殿下！ こんなところに、どうしたんですか⁉」

「そんなのヴィヴィアンのお迎えに来たに決まってるじゃない。あぁぁ～、僕もヴィヴィアンの主演公演、観たかったなぁ」

驚きに目を丸くする私に、ハミル殿下はさも当然というように微笑んで答えた。

「え？ 私が主演を演じたことをご存知なんですか？」

「うん、お母様から『公演で主演俳優にトラブルがあったらしい』って第一報を聞かされて、すごく心配したよ。でも『近習が代役になって舞台の幕が開いた』って続報を聞いた時は、驚きすぎて腰が抜けそうになっちゃった。もちろんお母様だって、絶句してたけどさ」

ハミル殿下は興奮気味に言い募る。

それを聞くに、どうやら皇太后様はアンジュバーン王国との国交正常化がかかる一連の視察に相当な関心を持って、その動向を注視しているようだ。

そして逐一視察先の状況を報告させて気を配るのは、やはり、マクシミリアン様の治世を心配する親心なのだろう。

「そうだったんですか。皇太后様は視察先の状況をつぶさに把握しておられるのですね」

「そうだよ。それでお母様が『舞台後の身支度には時間がかかるから、次の視察には同行しないだろう。ガブリエル陛下の来訪で厳戒態勢の皇都では、帰りの馬車を捕まえるのもひと苦労だろうから』って迎えの馬車を用意してくれたんだ」

まさか、直接面識もない私に、皇太后様がわざわざ迎えの馬車を用立ててくださるとは思ってもみなかった。

「なんて恐れ多い」

「たしかに普段のお母様って、あんまりこの手の気遣いを見せるタイプじゃないんだけどね。きっと僕がヴィヴィアンがいかに魅力的かって、興奮気味に話して聞かせていたからかも！」

……いったいハミル殿下はどんな誇張を交え、お母上に話をされたのやら。

胸を張って返され、あまりのいたたまれなさに肩を縮めた。

「それにしたってヴィヴィアンってば、随分と珍妙な風体じゃない？　恰好もだけど、顔の下半分だけ化粧って……あ！　もしかして、ほっぺまである被り物をして演じていたの⁉」

「まぁ、そんなところです。恰好についても少々事情がありまして」

詳細な状況の説明などできるはずもなく、ハミル殿下の勘違いにのっかった。

「ふぅん」

ハミル殿下は小さく首を傾げただけで、それ以上追求はしなかった。

「此度は迎えの馬車を出していただき、ありがとうございます」

ハミル殿下に伴われて向かった馬車で、扉を開いて待ってくれていた男性に礼を伝えた。

「これはご丁寧に、痛み入ります。さぁどうぞ、お乗りくださいませ」

男性は皇太后様が個人的に抱えている人のようで、これまで皇宮で目にしたことはなかった。同様に、馬車も皇宮所有のものではない。

「お邪魔します」

御者は別におり、男性も私とハミル殿下と車内に同乗した。

「お使いください」

「ありがとー」

乗り込むとすぐに、男性は私たちにおしぼりを差し出した。慣れた様子で受け取るハミル殿下を横目に、私はサービスのよさに内心で舌を巻いた。

「すみません、ありがとうございます」

恐縮しつつ礼を伝えて受け取ったら、馬車はじきにゆっくりと動き出した。

「今日はさぞ、お疲れでございましょう。こちらのハーブ水でひと息ついてください」

走り始めてしばらくすると、男性がポットから飲み物をカップに注いで供してくれた。

「すみません、飲み物まで……」

「どうぞ、遠慮なさらず。スーッとした飲み口でさっぱりしますよ」

「珍しいね。ハーブ水って初めてじゃない？」

どうやら普段は違う飲み物が出されているようで、ハミル殿下は首を捻って受け取ったカップを見つめていた。

「昨今、巷ではハーブが人気でございます。流行にのったというわけではございませんが、普段と少々趣向を変えてご用意いたしました」

「へぇ、そうなんだ。たしかにスッキリした香りがするね。いただきます！」

ハミル殿下は興味津々の様子でハーブ水を口にした。

「いただきます」

それを横目に、私もクッとカップを傾けた。ひと口含んだだけで香味が口内に広がり、刺激的な香りがスーッと鼻の奥に抜けていく。

オブラートに包んで言えば清涼感となるのだろうが、かなり刺激的な味わいだ。

……正直、あまり好きではなかった。とはいえ、ここは揺れる車内。カップに残して、万が一こぼしては目も当てられない。

なにより、ご厚意でいただいたものを残す無作法はあり得ない。

幸運にもカップのサイズは小さめ。私は残るハーブ水をひと息で飲み干した。

「そういえば、ヴィヴィアンはこの短期間でガブリエル陛下にすっかり気に入られちゃったみたいじゃない？　昨夜、お母様がガブリエル陛下とバッタリ出くわして、少しお話ししたんだって。陛下の口から出るのが君の話題ばかりだと驚いていたよ」

空いたカップを膝で握ったハミル殿下が、隣の私を見上げて口にする。

「いえ。昨日の夜ならガブリエル様は相当にお酒も入っていたようでしたから、きっとそのせいで少しばかり偏った話題に饒舌だっただけでしょう」

「ふふっ、謙遜だよ。僕ね、君には人を惹き付ける不思議な魅力があると思うんだ。かく言う僕だって、君のことが大好きだもの」

そう言ってハミル殿下は、甘えるように私の肩にコテンと頭を寄せた。

わぁああ～っ！　その動作でハミル殿下のモフモフの虎耳がファサッと頬を掠め、極上のモコフワ質感にひとりバクバクと高鳴る鼓動を抑えながら身悶える。

さらにハミル殿下が若干前屈みの体勢になったことで、耳とお揃いの虎柄尻尾が背もたれとの隙間を通って私の方にパッタンと巻き付いてきた。

あぁあぁ～っっ‼ もふんっ、もふんっ、と背中で蠢く魅惑のモコフワに辛抱たまらなくなった。

「あの、ハミル殿下！　ご無礼を承知でお願いします。ちょっとだけお耳と尻尾を撫でさせてもらえませんか⁉」

「全然いいけど、耳と尻尾なんて触って楽しいの？」

ハミル殿下は勢い込んで願い出る私を不思議そうに見上げ、コテンと首を傾げた。

「楽しいどころではありません！　それはもう、最高に夢心地になれちゃいます！」

力強く断言したら、ハミル殿下はパチパチと目を瞬き、次いでコロコロとかわいらしく笑いだす。

「ふふっ。やっぱり、ヴィヴィアンっておもしろい。耳と尻尾くらい、いくらでも触ってくれて構わないよ。はい、どうぞ」

ハミル殿下はそう言って、私にスリッと体を寄せてくれた。すると虎耳がふわんっと私の顎を掠め、尻尾の先っちょがぽふんっと脇腹のあたりを擽る。

うわぁあぁ！　この手で実際に触れる前から、この夢心地は何事⁉

既に幸せすぎて蕩けそうだ。……ならば、この手で実際にモフったら、果たしてどれだけ幸せになれてしまうのか⁉

ゴクリとひとつ喉を鳴らし、歓喜と興奮に震える右手でふわふわのケモ耳、左手で魅惑のモコフワ虎柄尻尾を同時に撫で上げた。

わ、わっ、うわぁあああ～っっ‼ 手のひらがモコフワの毛に沈み込んだ瞬間、心が宇宙に飛び立つ。

な、なっ、なにこれ――っ⁉ 気持ちいいどころじゃない、もしかしてここはこの世の天国⁉

私は一瞬で極上モフモフの虜になり、憑《つ》かれたように一心不乱にモフりまくった。

「はわっ⁉ はわわわ～っ。ヴィヴィアン、擽った……って、いや。擽ったくはないのかな？ う、うーん……わわっ」

ハミル殿下は、何事か小さく呟きながら体をビクビクと震わせていたけれど、私の手から逃げようとはしなかった。

「ヴィヴィアンに撫でられると、なんだかムズムズしちゃう……。でも、コレちょっと気持ちよくて癖になりそう」

されるがままに私に身を委ねていたハミル殿下が、頬を薄く桃色に染め、うるうると潤んだエメラルドの瞳で見上げてこぼす。

かわいすぎるハミル殿下の呟きに、クラクラとめまいがした。

わずかにでも気を抜けばはぁはぁと荒くなりそうな鼻息を必死にこらえ、私は心の求めるまま撫でて撫でて撫でまくった。

しばらくして、手の中の虎耳がピクピクと小さく揺れた。ん？と思って見ると、ハミル殿下が目をとろんとさせて、ふわぁっと欠伸《あくび》を噛み殺していた。

「ハミル殿下、眠いのですか？」

問いかけながら、実は私自身も不可解な眠気を覚え始めていた。しかもその眠気は、強引に眠りの世界に引っ張り込んでいくような、通常ではあり得ない不快感を伴った。

「……ん、ヴィヴィアンの手が気持ちいいからかな。なんだか、急に眠くなってきちゃった」

ハミル殿下はコクコクと舟を漕ぎながら、舌ったらずに答えた。

「おふた方とも、皇宮に着いたら起こしますので、どうぞお休みになってください」

「……うん」

向かいの座席の男性からかかった声に、ハミル殿下は小さく頷いて、そのまますぐに寝息を立て始める。喜色を映して揺れていた虎耳と尻尾もくたりと脱力し、呼吸に合わせて小さく上下するだけになった。

私は最後にひと撫でして虎耳と尻尾から手を引くと、ハミル殿下がずり落ちないよう深く肩にもたれさせた。

そうして少しでも気を抜けば閉じそうになる瞼に力を込めて、必死で視覚からの情報を確保する。同時に、わずかに残る意識を総動員し思考を巡らせた。

そうすれば、不可解な眠気に対してひとつの疑惑があぶり出される。

もしかして、ハーブ水……？

「馬車の揺れは心地いいもので、心身が疲れた時などは眠りを誘われることもしばしばです。ヴィヴィアン様も遠慮なさらず。到着したらお知らせいたします」

……違う。この眠気は、馬車の揺れに誘われるなんて、生易しいものじゃない。作為的なものだ……！

「ち、が……」

ところが、すっかり力の抜けてしまった唇は、「違う」の一語を声に結ぶこともできなかった。

「ヴィヴィアン様、よい夢を」

狭まり、霞みがかった視界に映る男性の笑みが、とても薄ら寒く感じた。

男性の微笑を網膜上に刻んだのを最後に、完全に瞼が下りてしまう。ついに私は抗いきれず、眠りの波にのみ込まれた。

目覚めてまず、ズキズキと響く痛みに眉をひそめた。

「……っ、ん」

なんとか半身を起こし、ゆっくりと目線を上げる。その時、前方の窓越しに見えた空に、既に太陽はなかった。空の主役はいつの間にか、満天の星々へと変わっていた。さらに薄く開いた窓の隙間からは、微かに潮の匂いがする。

……ここは、どこだ？

私は肌触りのいい男物の寝間着を着せられて、知らない部屋の知らない寝台に寝かされていた。支えに突いた手のひらに感じるシーツの感触は極上の絹。さらに飴色に光るマホガニーの家具で統一された室内の様相に鑑みれば、ここが貴人の屋敷の一室だろうと想像がついた。

その時、扉の外からガチャガチャという音がして、ビクンと体が跳ねた。

誰かが鍵を開けているようだった。

――キィイイ。

じきに扉が引かれ、入室者の足音が私に迫る。

「ヴィヴィアン様、目覚めておられたのですね！」

私が恐々と振り返るのと同時、鈴を鳴らしたようなかわいらしい声が響く。

「えっ⁉ 君は……‼」

なんと転がるように私に向かって駆けてくるのは、モコモコの虎耳と尻尾を揺らしたユリアだった。

「あぁ、よかった！ 昨日ハミル殿下が目覚め、ヴィヴィアン様もじきだろうと思っていたのになかなかお目覚めにならず、とても心配しておりました！ お加減の方はいかがですか」

「大丈夫だ。それより、ここはどこなんだ？」

少し頭痛が残っていたが、そんなことはどうでもよかった。それよりも今は、尋ねたいことが山ほどあった。

「順番に説明いたしますわ。まず――」

ユリアはスッと表情を引きしめて少し早口に話し出す。そうして彼女から聞かされた現状は驚くべきものだった。

「なんだって、あれから三日が経っているだと⁉ しかも国立研究所で襲撃事件が発生し、交渉決裂のままガブリエル様が帰国の途に就いた⁉　マクシミリアン様とガブリエル様に怪我はないのか！」

「ご安心ください、おふたりにお怪我はございません。しかし、アンジュバーン王国の外交官のひとりが軽傷を負う事態となり、我が国の信用は失墜いたしました。国交正常化の交渉は頓挫し、ガブリエル陛下は帰国の途に就かれたのです」

「そうか！　おふたりはご無事だったか！　とはいえ、国立研究所の警備は蟻の子一匹通さぬほど強固だったはず。いったいどうしてそんな事態になった⁉」

「あのヴィヴィアン様、あまり声を大きくしては皇太后様に気付かれてしまいます」

興奮して叫ぶ私に、ユリアが唇に人差し指を添え声を落とすような仕草をした。

「あ、あぁ。すまない……ん？」

右手を額にあててめまいをやりすごしながら、告げられた台詞に小さな疑問が湧いた。一方で、ユリアが皇太后様付きの女官だったことが思い出され、ますます混迷が深まった。

「皇太后様に気付かれて、とはどういうことだ？　なぜここで、マクシミリアン様の生母が出てくるんだ？」

私の問いかけにユリアは表情を陰らせて、ゆっくりと口を開いた。

「私も詳しいことはわからないのです。ただひとつ言えるのは、一連の出来事を裏で糸引いているのが皇太后様だということです」

「っ‼　……なんてことだ！」

詳細を聞かされずとも、アンジュバーン王国との交渉決裂によってマクシミリアン様が厳しい状況に立たされているだろうことは容易に想像ができる。

しかもその状況に追い込んだのが実の母君となれば、マクシミリアン様の心痛はいかばかりか――！

「マクシミリアン様が一番辛い時におそばにいられないなんて、僕は近習でありながらなんて情けないんだ」

それどころか、間違いなく私自身の状況もマクシミリアン様を悩ませる原因のひとつになってしまっている。

「ヴィヴィアン様は情けなくなんてありません！　私こそ、自分の無力を痛感しておりますわ……」

唇を噛みしめて拳を握りしめる私を、横からユリアが痛ましげに見つめていた。

「なにを言うんだ。皇太后様の目がある中、よく状況を教えてくれた。君には感謝しかない」

「ヴィヴィアン様」

「しかし、なんとか僕の現状だけでもマクシミリアン様に知らせることができればいいんだが……」

とはいえ、ここは皇都から遠く離れた離宮。どうやってマクシミリアン様に知らせたものか……。

その時、私の鼻腔を目覚めに感じたのと同じ潮の香がふわりと掠める。

「そうか！　直接マクシミリアン様に連絡を取ろうとしなくとも、姉様に繋ぎを取れば……っと、すまん」

ピンときて思わず声を大きくしてしまい、慌ててトーンを抑えた。

潮の香から離宮の立地に思い至り、脳内では現状の打開策が弾き出されていく。

「どういうことですか？」

ここ離宮はヴィットティール帝国南岸のコスタ領にある。この地は、我が国において唯一外海に面した港町としての顔も持っていた。

「前に、家族が事業を成功させていると少しだけ話しただろう？　僕の姉が物流配送の事業を展開していて、鮮魚も取り扱っているんだ。漁港に姉の『鮮魚センター』がある。そこに報せをやれば、必ず姉がマクシミリアン様に伝えてくれる」

遠い皇都のマクシミリアン様に直接報せることは困難だ。けれど、三キロほどの距離にある『鮮魚センター』へなら、連絡を取るのも不可能ではないはずだ。

近習として働くために家を出る私に、姉様は『困ったことや入り用な物があったら、事業所を訪ねなさい。スタッフには言っておく』と、こう言っていた。

その時は話半分に聞いていたが、まさか『中央通りのオフィス』でなく『コスタ領の鮮魚センター』に助けを求める日が来ようとは。

多分姉様は、鮮魚センターのスタッフには話を通していないだろう。けれど姉様の事業に携わるスタッフは皆優秀で親切な人ばかり。きっと助けになってくれるはずだ。

「ヴィヴィアン様！　その『鮮魚センター』への連絡役を、ぜひ私にさせてくださいませ！」

ありがたい申し出だった。しかし漁港まで往復するとなれば、一時間以上はかかる。皇太后様付きのユリアが持ち場を離れて向かうリスクは、あまりにも大きい。

「だが、それでは――」

「すべて承知の上です。その上で、ヴィヴィアン様のお力になりたいのです！」

私が口にしかけた憂慮は、他ならないユリア自身がピシャリと遮った。

「ユリア……」

「それからヴィヴィアン様、目覚めぬあなたのお着替えや身の回りのことを手伝わせていただいたのは私です」

っ‼　唐突に告げられた言葉の意味に気付き、キュッと喉が詰まった。

「あなたが纏う不可思議な魅力の正体がわかり、驚きはありましたが、それ以上にストンと納得させられました。……むしろ、ヴィヴィアン様が女性と知り一層メラメラと燃えると申しますか。萌えの新境地に目覚めたと申しますか。と、とにかく！　私、誰にも言いませんからご安心くださいませ！　この件は皇太后様にも伝えてはおりません！」

目を見開いて言葉を失くす私に、ユリアは強い意志を宿した目をして語る。言葉の途中に一部、ゴニョゴニョと聞き取りにくい部分があったが、最後の台詞はしっかりと聞き取れたから問題はないだろう。

「ありがとう、ユリア。姉様にあてて手紙を認める。それを届けてくれるかい？」

「はい！　お任せくださいませ」

漁師をはじめ港で働く者の朝は早く、夕刻前にはその日の仕事を終える。ユリアとも話し合い、スタッフの出勤時刻に合わせ未明に出発してもらうことになった。

「女性に夜のひとり歩きなど、本来させるべきではないのだが……」

「いえ。ここは港町ですから、漁港勤めの方たちは皆、そのくらいの時間に家を出ます。ですから、存外通りには往来があるのです。それらの流れに紛れられ、ちょうどいいですわ」

「ありがとうユリア、恩に着る」

「とんでもない、私がしたくてやっていることです。では、たしかにお預かりいたします。この後は一旦持ち場に戻り、未明に出発いたします。……あの、ヴィヴィアン様」

ユリアは書き上がった手紙を胸に部屋を後にしかけ、思い出したように振り返った。

「どうしたユリア？」

「私の尻尾を撫でていただけませんか？　初めてお会いした日に『次回』とお約束したまま、まだ撫でていただいておりませんでしたから」

はにかんだ笑みを浮かべ、フリフリと尻尾を揺らしてみせるユリアがものすごくかわいくて、思わず抱きしめたい衝動に駆られた。

「もちろん！　僕だって君の尻尾をずっと撫でたいって思ってたんだ」

さすがに抱きしめるのは自粛して、代わりにそっと彼女の尻尾に手をやると、毛の流れに沿って丁寧に撫で上げた。

「やっぱりユリアの尻尾はふわふわでかわいいな。また今度ハーブスプレーを使って、ゆっくりマッサージをさせておくれ」

やわらかさを味わうように幾度か手指を往復させてからゆっくりと解放すれば、尻尾は嬉しそうにフリフリと左右に揺れた。

「はい。夢心地だとうわさで聞いておりますわ。『また今度』を楽しみにしております」

そう言ってユリアは嬉しそうに微笑んで部屋を後にした。

ユリアが手紙を携えて出ていってしばらく経ったところで、扉の外に気配を感じた。確証などどこにもないが、なんとなく扉の外にいるのは皇太后様本人ではないか、そんな勘が働いた。

ユリアは私の目覚めを報告していないはず。狸寝《たぬき》入りをすることも考えたが、実際に話をしてみたい思いが勝った。

結局、私は寝台に半身を伏し、今まさに目覚めた風を装った。

——ギイイイ。

開錠の音の後、扉が開かれた。

入室者の足音が一歩、また一歩と近くなり、無意識に息を詰めた。

「あら。寝坊助さんがやっと起きたようね」

……これは、間違いない！　声を受けて恐々と視線を向けると、年の頃は四十代半ば。豊かな栗色の髪から薄い虎耳を生やし、唇に真っ赤な紅を引いた女性が、艶とボリュームに乏しい細い尻尾を揺らしながら私を見下ろしていた。

顔の造作は整っているし、エメラルドのような色をした瞳も美しいが、蛇みたいに狡猾な眼差しを向けてくるその人に、好感はこれっぽっちも抱けなかった。

顔を合わせたのは初めて。だけど私は、肖像画や硬貨の彫刻でこの女性を見知っていた。

なにより、女性とよく似た色彩を持つ少年のことを知っている――。

「あなたは、皇た……っ！」

女性は唇に人差し指をあてがう仕草で、私の続く言葉を遮った。

ユリアに聞かされた内容や状況から見れば、目の前の女性が一連の出来事の黒幕に間違いない。とはいえ、どうして彼女がこんな行動に出たのか、わからないことだらけだった。

「あなたに内密のお願いがあってこうして来てもらったの。私のお願いを聞いてくれたら、手荒なことはしないって約束するわ」

女性は……皇太后様は、あえて名乗ることをしなかった。彼女は私が半身を起こす寝台の隣にトンッと腰を下ろして目線の高さを合わせると、額に落ちてきた髪をサラリとかき上げながら切り出した。

「あなたに最初に伝えておくわ。私がただひとつ願うのは、愛しい我が子の安寧の治世だけよ」

こんな前置きをして、皇太后様はなんら違和感なく話し出す。流麗に紡がれる言葉に耳を傾けていると、ともすれば一連の犯罪行為こそ正義であるかのように錯覚しそうになる。

それくらい、彼女の言葉には真摯な親心が滲んでいた。しかし話が進むにつれ、彼女の異常性が浮き彫りになってくる。

私が眠りについてから既に三日が経っていること、視察中の国立研究所内でふたりが襲撃に見舞われたこと、この二点は既にユリアに聞かされて知っていた。皇太后様の手前驚いた素振りこそしてみせたが、私が真に動揺したのはその後に語られた部分……いや、それを語る彼女の喜色溢れる態度だった。

「――そんなわけで、国内ではマクシミリアン廃位の声が高まっている。既に地方創生大臣を筆頭に大臣らの半数程度、加えて識者や有力貴族らもこぞって廃位に賛成の立場を示しているから、ここでマクシミリアンの『耳なし』をカミングアウトすれば廃位はもう確定ね。遠からず愛しいハミルが皇帝となるわ。きっと、ハミルの頭上に金の宝冠はよく似あう。ふふっ、なんて待ち遠しいんでしょう」

「そんな！　どうしてマクシミリアン様の『耳なし』を明かして廃位に追い込むなんて非道なことができるんですか……！」

「あら、アンジュバーン王国との交渉決裂という最悪の結果で国民の信用を裏切ったのだから、責任を取るのは当然のことでしょう」

憤りを抑えきれず思わず声をあげたら、皇太后様は私の態度こそ不満だとでも言うように唇を尖らせた。

「まぁいいわ。それでね、あなたにお願いがあるのよ。あなたには、アンジュバーン王国のガブリエル陛下のところに行ってほしいの」

「なっ⁉」

なにか目的があって攫《さら》ったのだろうと思っていたが、まさかアンジュバーン王国に行けと言われようとは考えてもみなかった。

「ガブリエル陛下があなたを気に入った様子だというのは、早い段階から報告を受けていたわ。この計画でマクシミリアンの排斥が見込める一方、重要なアンジュバーン王国との外交交渉は一旦棒に振ることになる。私はハミルの治世に再び交渉の窓口が開けるように、なんとしても縁を繋いでおく必要があったの。それで白羽の矢を立てたのがあなたってわけ。ハミルの名であなたを贈れば、陛下はさぞお喜びになるでしょう。そうなれば、自ずと道も開けてくるわ」

驚きに言葉を失くす私に、皇太后様は流れるように語る。

「マクシミリアンが目に入れても痛くないかわいがりようで重用するあなたを下げ渡して、かつガブリエル陛下のご機嫌も取れるとなれば、こんなにおもしろいことはないわ。ふふふっ。あなたはご存知？　アンジュバーン王国では、我がヴィットティール帝国よりもずっと恋愛観が自由で寛容なんですって。そして彼の陛下もそちらに偏見はないようだから、よーくかわいがっていただけるんじゃゃなくて？」

下品であからさまな侮辱に、怒りで目の前がカッと朱色に染まる。

ともすれば叫び出しそうになるのを、なんとか理性を寄せ集め、拳を握りしめてこらえる。真正面からそれらをぶつけては己の状況を、しいてはマクシミリアン様の状況を一層厳しくするだけだと、必死に自分に言い聞かせた。

「あなたはガブリエル陛下のお気に入りになって、愛息ハミルの治世も安泰。ね？

こんなに素敵なことってないでしょう？」

内心は怒りの炎が燃え滾り、ぶつけたい思いも、言ってやりたいことも山ほどあった。

だけど私が声高に叫んだのは、一番大きな疑問だった。

「待ってください。最初にあなたは『願うのは、愛しい我が子の安寧の治世だけ』とおっしゃっていましたよね⁉　マクシミリアン様だって、あなたがお腹《なか》を痛めて産んだ我が子ではないのですか！」

「お黙り！　小娘になにがわかるというの？　私の息子はハミルただひとり。無様な『耳なし』が我が子だなどと思ったこともない！」

私の発した言葉が皇太后様の逆鱗に触れた。彼女は常軌を逸した様子で、ワシャワシャと頭をかきむしる。

皇太后様の怒気に気圧《けお》され、ヒュッと喉が鳴る。そのまま息を詰めていたら、彼女が頭から手を離してゆっくりと私を見据えた。

「ここまで話したからには、アンジュバーン王国行きを了承してくれるのよね？」

皇太后様は先ほどの激しい怒りを収めていたけれど、その目はどこか危うい光を帯びているように感じた。

「待ってください！　私は――」

「お前はなにを勘違いしているの？　最初に『お願いを聞いてくれたら、手荒なことはしない』と言ったのを聞いていなかった？　私はお前の意見など聞いていない。むろん、なにかを『待つ』つもりもない。お願いが聞けないのなら、お前は即刻海の藻《も》屑《くず》よ」

私の言葉をピシャリと遮り、皇太后様は無慈悲に告げる。

……ここは大人しく従って少しでも時間を稼ごう。

私は現状の最善を確認し、厳しい表情で睨めつける皇太后様に向き直って震える唇を開いた。

「わ、わかりました。アンジュバーン王国に行きます」

「物わかりがよくってなによりだわ。では、さっそくガブリエル陛下にあてて親書を認めなくてはね」

嘘でもアンジュバーン王国行きを了承するのは、胸が万力で締め付けられるような苦しさを伴った。

「……ただ、今は頭が痛くて。少し休ませてはいただけませんか？　詳細は明日、改めてお聞かせいただけたら……」

私は、演技をするまでもなくカタカタと震える指先を胸もとで握りしめ、喜色で声を弾ませる皇太后様に乞うた。

「たしかにひどい顔色ね。薬が体に合わなかったのかしら。……まぁいいわ、詳しい話はまた明日、改めましょう。それから、外には見張りを立たせているから、ここを出ようだなんてゆめゆめ思わないことね。万が一そんな素振りを見せたら即刻海に沈めてやるから、いいわね？」

出にくい声に代わり、コクコクと首を縦に振ることで了承の意思を示す。

皇太后様が出ていった室内で、私はひとりまんじりともせず夜明けを待った。

＊＊＊

俺は政務室の窓の前に立ち、太陽に取って代わるように空の主役になりつつある星々を睨みつけていた。

ヴィヴィアン主演の観劇に感嘆の拍手を送っていたのが、まるで遠い昔のことのようだった。

あの日以降、俺を取り巻く周囲の状況は百八十度も変わり、俺の廃位を求める声は日に日に高まっていた。

しかし、自身の進退がかかった状況に勝るとも劣らないほど俺を悩ませ、胸を狂おしく締め付けているのがヴィヴィアンの失踪だった。

……三日前のあの日、混乱の最中にあって警邏《けいら》は行方知れずとなったヴィヴィアンの足取りについて、通り一遍の状況捜査のみで失踪事件として処理をした。アンジュバーン王国への対応等で物理的に体が空かなかった俺は、それを日を跨いでから事後報告で聞かされた。

だが、俺にはわかる。ヴィヴィアンは絶対に職務を放棄して失踪したりしない。ならば彼女は、己の意思に反し、誰がしかの手で連れ去られたのだ——。

すぐに私的に有する隠密部隊に捜索を命じた。彼女の安否が気がかりでならず、細切れに上がってくる報告を注視しながら、ここまで一睡もできずにいた。

しかし、ようやく展望が拓けてきた。彼女の足取りが浮き彫りになってきたのだ。

そしてこの後、部隊からヴィヴィアンの居所に関する詳細な報告がもたらされる予定だった。

「……待っていろ、ヴィヴィアン。じきに助け出してやる！」

星々が輝く夜空に向かって、唸るように叫んだ。

そもそもの事の起こりは三日前。帝国劇場を後にした俺たちは、国立研究所に移動した。馬車を降り、国立研究所に入所しようとしたところを、突然複数人の男たちに襲われたのだ。

俺やガブリエルは相当に腕が立つから、襲いかかる襲撃犯を返り討ちにしたが、アンジュバーン王国の外交官に軽傷者を出す事態になってしまった。

ガブリエル本人は立腹どころか、むしろ窮地に追い込まれた俺の状況をおもしろがって笑っていた。とはいえ、ガブリエル個人の感情如何にかかわらず、国と国との関係はそう単純なものではない。

この襲撃事件によって我が国の信用は著しく失墜。アンジュバーン王国との交渉は一時中断を余儀なくされ、ガブリエルは即日、帰国の途に就いた。

以降、国民は視察中の襲撃を許しアンジュバーン王国との交渉チャンスをふいにした俺への不満を噴出させ、現在皇宮前に続く通りでは俺の排斥を望む抗議集会が催される事態になっている。

しかし、できすぎた一連の流れはすべて、周到な用意のもとで決行された俺への罠だ。

視察に際し、隙なく配置していたはずの護衛。その彼らに俺たちの到着直前に、配置変更が言い渡された。軍幹部や政府高官など警護担当の責任者複数の連名で下されたそれに、当の本人たちは『指示していない』と当惑しきりでいる。

アンジュバーン王国の外交官が負った軽傷にも、襲撃を命じた者の明確な意図を感じる。手練《てだ》れの刺客が、丸腰に近い文官の命を取るのは容易だ。しかし襲撃者は、外交官の腕にほんのかすり傷を負わせただけで剣を引いていた。

俺を追い落としたいが、必要以上にアンジュバーン王国民の心情を逆撫でしたくない思惑が自ずと透けて見えた。

さらに、この一件を理由にしていきなり俺の廃位を望む抗議集会に発展している状況も異常だった。十中八九、この機に乗じて、国民感情を煽《あお》ろうと画策する者がいるのだ。

これらから浮かび上がる人物……。

そんな者は、俺の知る限りひとりしかいない。

——コンコン。

その時、束の間の物思いを割るように政務室の扉が叩かれた。

「入れ」

俺の入室許可を得て、扉から顔を覗かせたのはカロスだった。

……そう。侍従長としての表の顔とは別に、カロスは隠密部隊の長《おさ》という顔も持っているのだ。

「襲撃犯の一名が口を割りました」

「首謀者は？」

カロスからの報告を受けて端的に問うも、彼は眉間に深く皺を刻みなかなか口を開こうとしなかった。

俺にとってはその反応こそがなによりの答えで、聞かされずとも首謀者が知れる。

「……やはり、そうか」

同時に、俺の胸にはわずかばかり安堵も浮かぶ。誘拐犯が母ならば、すぐにヴィヴィアンに危害を加えることはない。

彼女は何某《なにがし》かの思惑があって、ヴィヴィアンを交渉材料にするべく攫ったに違いないのだから。

「お前のことだ。母上の足取りもすべて掴んでいるのだろう？」

カロスはほんの一瞬、いたわしげに表情を曇らせたが、すぐに表情を引きしめた。

「皇太后様は昨日まで皇都の外れにありますもぐりの医師のもとに身を寄せていたのですが、昨日朝のうちに離宮に向けて発たれています」

「もぐりの医師だと？」

「はい。件の医師を問い質したところ、皇太后様は離宮から皇宮にやって来た同日に、この医師から政府未承認の違法な睡眠薬を購入しています。ハミル殿下はヴィヴィアンと懇意ですから、おそらく皇太后様にヴィヴィアンをおびき寄せる役を担わされたのでしょう。とにかくふたりはこの薬物によって眠らされ、連れ去られたようです。その後、一昨日になって皇太后様が『前日の投与からまだ目覚めない』とふたりを伴って、駆け込んできたそうです」

「丸一日以上も眠り続けるとは尋常でない！　それほど強力な薬物など投与して、ふたりの身体に害はないのか⁉」

耳にした俺は、思わず叫んでいた。

「もぐりの医師曰く、そこは問題ないとのこと。皇太后様に対しても『薬は副作用を伴うものではなく、たまたま体質や体調との兼ね合いで作用が強くでたのだろう』と説明したそうですが、皇太后様は納得せずに経過観察を求め、結局その日は三名共医師の館で一夜を明かしています。そして一夜明けた昨日、ハミル殿下が特段の後遺症もなく目覚めを迎えたことで皇太后様は納得し、出ていかれたそうです」

ハミルが無事に目覚めているのなら、おそらくヴィヴィアンも無事なのだろうが……。とはいえ、実際にこの目で元気な姿を見るまでは安心などできない。

胸には一抹の不安が募った。

……いや、ここで不安がっていてもなんの解決にもならん！　今はヴィヴィアンの救出が第一優先。コスタ領まで皇太后所有の最新鋭の馬車ならば、休憩時間を加味しても一日半ほどで着く。

「出発したのが昨日の朝なら、ヴィヴィアンは既に離宮にいる可能性が高い！　大至急、コスタ領に向かう！」

俺が休まずに馬を駆れば、夜明け頃には到着できるだろう。マントを手に、厩《うまや》に向かうべく扉を開け放った。

ところが、カロスは室内で微動だにせず押し黙ったまま、一向に動き出そうとしない。

「なにをもたもたしている⁉」

カロスは決意の篭もる眼差しで俺を見つめ、重く口を開いた。

「……マクシミリアン様、差し出がましいことを申しますが、ヴィヴィアンの救出を我らに任せていただくわけにはまいりませんか。現在、マクシミリアン様を取り巻く状況は大変に厳しいものです。この状況でマクシミリアン様が皇宮を空けては、取り返しのつかない事態にもなりかねません」

帝位就任前から長く苦楽を共にしてきた忠臣のカロスだが、これまで俺の決断や指示に対して意見というのは一度もしたことがない。

そのカロスが初めて寄越した忠言は、世情を的確に読み取った真に迫るものだった。

カロスの言葉通り、俺の進退がかかっているのはもちろん、今は国政や外交関係で難しい政治判断が迫られる大事な局面だ。ここで皇宮を不在にしては、皇帝としての政治責任を放棄したと捉えられても仕方なく、排斥論を助長させるのは目に見えていた。

せめて俺の政治意思を代弁する者が立てられればいいのだが、近習の救出という極めて私的な理由とあっては、俺に友好的な高官らにも頼むことが憚られた。

「カロス、俺はこの判断が己の状況を一層苦しいものにすることを承知している。その上で、ヴィヴィアンの救出を人任せにはできん。かといって、帝位を退く気もさらさらない。歴史上、皇家のお家騒動に端を発した皇帝の代替わりで、いい結果をもたらした例を俺は知らん」

カロスは俺の言葉……特に『帝位を退く気もさらさらない』の件でわずかに目を見開き、ジッと続きに耳を傾けた。

「新皇帝即位に伴い、いっときは特需に沸く。しかし、そんなものはほんの一瞬。その後の経済低迷により国民がどれほどの負担を強いられるか、歴史を振り返れば火を見るより明らかだ。自身の保身や名誉のためではない、皇帝として俺には国民を守る責任がある。一方で俺は、己の大事な者の窮地を見すごす男にもなりたくはない。だから、お前の申し出を受け入れることはできん。ヴィヴィアンは、俺がこの手で救い出す」

カロスはスッと表情を引きしめて、静かに口を開く。

「正直、驚いております。もちろん、これまでもあなた様は賢帝であられた。しかし国民に対しかくも熱い決意を持って政《まつりごと》に励んでおられようとは……私は一番近くにありながら、その本質を正しく理解できていなかった己を恥ずかしく思います。この上私から申し上げるべきことなど、ひとつとしてございません。あなた様が大切に思うヴィヴィアンの救出に、尽力させていただきましょう」

カロスはなんとも心強い言葉をくれる。

――カタン。

カロスとヴィヴィアン救出の決意を確かめ合ったところで、扉の向こうから小さく物音があがる。

扉を閉じぬままでいた己の迂闊さに内心で舌打ちしつつ振り返ると、扉から財務大臣のシルバが顔を覗かせる。

「誰だ⁉」

「シルバ、其方何用でここにいた？」

「ここにまいったのは、陛下の廃位を求める一連の状況についてお耳に入れたいことがあったためです」

シルバは厳しく誰何《すいか》する俺を怯まずに見つめ、はっきりとした口調で話し出す。

「そして陛下がヴィヴィアン殿の救出に発たれることを聞いた今はもう一点、陛下の留守中の政治判断を私に一任していただきたく、そちらもお願いをしとうございます」

「お前に俺の留守中の意思決定を担わせろと言うのか？」

シルバは『身分を超えた婚姻を認めない』との条文撤廃にあたり、最大の障壁となったひとりだ。

その彼からの予想だにしない申し出に、自ずと眉間に皺が寄り、声にも険が滲んだ。

「私に対して陛下がご不信を抱かれるのもごもっともです。事実先の法改正において私は『身分を超えた婚姻』には反対の立場であり、激しく反発をしました。ただしそれには、私なりの正義があり、それに基づいた行動でした」

シルバは一旦言葉を区切り、真っ直ぐに俺を見つめて続けた。

「私はこれ以上血が薄まれば、獣人としての尊厳や誇りといったものまで薄まってしまうのではないかと獣人国家の行く末を憂慮したのです。あなたのお耳についても、深層に残念に思う心があったことは否めません」

正直な物言いに、不快感は湧いてこなかった。少々規格外なヴィヴィアンや平民はともかく、高位貴族が俺の『耳なし』をまったく残念に思わないと言えば、それこそが嘘だからだ。

そして、法改正において反対の立場を表明したシルバの理論にも一応の理解はできた。

「しかし、私はそれらを理由にあなたの排斥を望んだり、あなたの政に不満を抱いたりしたことは誓ってございません。逆を申せば、先の法改正の一件を除き、私は陛下の掲げる施策に賛成・賛同の立場でございます。陛下ご不在の中で、ご意思にそぐわぬ判断が強行採決される恐れは十分にある。それを阻止する役目を、私に担わせていただきたいのです」

俺はこれまでシルバに対し、どことなく頼りなげで、声高な周囲の意見に流されて賛同しがちな印象を抱いていた。しかし今、目を逸らさずにしっかりと己の意見を述べる彼を前にして、その印象は霧散していた。

「お前が俺の施策に賛成の立場というのはわかった。しかしなぜ、あえてお前がその役を買って出る？　俺が帝位存続となった後、なにかを得んと望むのか？」

俺の詰問にシルバは特段気分を害した風でもなく、静かに首を横に振った。

「……いいえ。事はもっと単純でございます。私はヴィヴィアン殿に無事に皇宮に帰ってきてほしいのです。彼が皇太后陛下の罠によって犠牲を強いられる、私にはそれが耐えられんのです。ヴィヴィアン殿はあなた様を信頼し、慕っている。あなた様の手で救ってやってほしいと、すべてはそんな老婆心からでございます」

シルバの口振りから、俺が知らぬふたりの交流が想像できた。

「なるほど。ヴィヴィアンが古参の気難しい高官や使用人らとすっかり打ち解けているのは見知っていたが、よもやお前まで懇意になっていたとは思いもよらなかった」

「耳ノミ症で療養中の私をヴィヴィアン殿が訪ねてきてくれ、すっかり意気投合いたしました。孫と祖父ほどの年齢差がありますが、私たちは気の置けない友人になったのです。友人の無事を願うのは当然のことです」

シンプルな回答は、ストレートに俺の心に響いた。

「……いいだろう。俺の留守中の意思決定をお前に一任しよう。すぐに公式な委任状を認める。それからお前は先の台詞の中で『皇太后陛下の罠によって』と言ったな。それはまるで皇太后がヴィヴィアン誘拐を企てた首謀者だと知っている口振りだ。たしか最初に『廃位を求める一連の状況』について俺の『耳に入れたい』とも言っていた。皇太后主導で一連の排斥行動がなされた証拠でも手に入れたか？」

猶予している間を惜しみ、即座に政務机に向かって紋章入りの用紙に筆を走らせながら問いかけた。

俺がカロスから皇太后が首謀者だという報告を受けている時、扉は閉ざされていた。ならばシルバは、別の情報ソースから皇太后の関与を把握しているのだ。

「皇太后陛下が地方創生大臣のゴルドにあてた手紙が彼の執務机に不用意に置かれたままになっており、偶然目にしたのです。内容は『ハミルが無事に目覚めた。ヴィヴィアンもじきに目覚めるだろうとの医師の言葉を信じ、離宮に向けて出発することにした。後のことはすべて私の指示通りに動くように。そうすれば約束通り、お前の一族に新政権での要職を与える』と、こうでした。私はいても立ってもいられなくなり、好奇を装ってさりげなくゴルドに探りを入れてみたのです」

「ゴルドはお前に、皇太后の指示とやらを話して聞かせたか？」

地方創生大臣であるゴルドの関与を聞かされても、今さら驚きはない。

俺はカロスらの調査によって既にこれを知っていたし、もっと言えば、ゴルドが賄賂によって一部の地方領主らを不法に優遇しているのも調べをつけていた。

「はい。そして私にも皇太后陛下に与《くみ》するべきだとしきりに誘ってきました。ちなみに皇太后陛下の指示というのは、弁の立つリーダーを各地に送り込み、抗議集会を扇動するというとても単純なもの。しかし問題はその弁で、今回のアンジュバーン王国との交渉中断以外にも、各領内で発生する小競り合い、果ては冷夏による麦の収穫減少まで陛下の悪政のせいとかこつけた主張を展開しています」

「そうか。だが、筋の通らぬ主張を国民が信じてしまうなら、それもまた俺の政治成果ということになるのだろう。シルバよ、カロスにも言ったが、俺はこのままではおかない。国立研究所襲撃における皇太后関与の証拠は既に揃っているし、今この瞬間も皇太后周辺の洗い出しは着々と進んでいる。ゴルドの不正についても同様に証拠を得ている。ヴィヴィアンを救出して戻った時、俺はこれらの証拠を手に、皇帝として揺るがぬ意思を持って国民の前に立つ」

シルバは眩しいものでも見るように目を細くして俺を仰ぎ、次いでスッと直角に腰を折った。

「私は虚空のごとき耳や尻尾に囚われ、目を曇らせていた自分が恥ずかしい。獣人の尊厳や誇りは、耳や尻尾に見いだすものではない。あなた様の御心にこそ、真実はあったというのに」

「真実をなにに見いだすか。そんなのは人それぞれで、人の数だけ正解があっていい。俺もまた其方同様、己の正義に則《のっと》り皇帝として邁進するのみ。……とはいえ、こうも熱く賛同を示されたなら、これを託すことに否やはない。後のことはお前に任せた。緊急の案件は伝書鷹を飛ばせ。俺のもとまで最短で飛ぶよう調教できている」

書き上がった委任状を、シルバに差し出した。

「ハッ！ 必ずや、陛下のご意思に沿わせていただきます」

シルバが恭《うやうや》しく手にした次の瞬間には、俺はカロスを伴って政務室を飛び出していた。

「コスタ領に出発だ！ 後れを取るな！」

俺は逸る思いのまま、カロス以下数名の隠密部隊員を引き連れてコスタ領を目指した。そうして限界すれすれまで速度を上げ、東の空が薄っすらと白み始め間もなく日の出という時分、ついに周辺の家屋より頭ひとつ分高い離宮を視界に捉えていた。

＊＊＊

私は一睡もできぬまま、息を詰めて日の出の瞬間を見つめていた。

……きっと、ユリアの手で手紙は既に鮮魚センターのスタッフに渡っているはず。

姉様が自ら鮮魚センターに顔を出すことは稀だから、この後の展開はおそらくセンター長の采配に委ねられる。

私がどういったルートでアンジュバーン王国に送られるかなど知るよしもないが、離宮に監禁されているうちに、なんとか助けが来るといいのだけれど……。

こんな風に答えの出ない堂々巡りを繰り返す私の耳に、窓の下の騒めきはまるで入ってこなかった。

「ヴィヴィアン、窓から離れろ！」

え⁉　だから突然マクシミリアン様の声が空気を震わせても、即座に反応できなかった。

「これから窓を破る！」

続く声を耳にして、弾かれたように窓の前から退いた。

――ガッシャーンッッ‼

直後、窓を割ってマクシミリアン様が飛び込んでくる。ガラス片が朝日をキラキラと弾きながら窓の前に落ちていくのをスローモーションのように見ていた。

そうしてついに大柄のシルエットが窓を飛び越え、床に散るガラスを踏みながら室内に降り立つ。途中で一度窓の外を振り返り、頷くような仕草を見せ、その人はすぐにまた私へと向き直った。

……嘘、どうしてここに？

朝日に照らされた彼の顔を目にした瞬間、眦からツーッと一滴、熱い物が頬を伝い顎で珠を結ぶ。しかし膨らんだ雫が落ちる直前、私は逞しい腕にグッと抱きしめられていた。

驚いて見上げるよりも先、厚い胸に顔面が押しあてられ、涙は見慣れたマントに吸われて消える。

「無事だったか、ヴィヴィアン‼」

皇太后様から聞かされた通りなら、彼は今まさにとても厳しい局面に立たされているはず。その彼がここにいるのはおかしい……。

だけど頭上から響く熱の篭もった声を耳にして、頭の中が真っ白になった。考えるより先に、五感のすべてでマクシミリアン様を感じていた。

「薬で眠らされ、目覚めないと聞かされた時は胸が潰れそうな思いだった！　無事で、本当によかった！」

「まさか、マクシミリアン様が助けに来てくださるなんて……っ！　でも、僕なんかよりマクシミリアン様は⁉　アンジュバーン王国との交渉決裂で廃位の声が高まっているって、大丈夫なんですか⁉」

間違いなく、現在マクシミリアン様を取り巻く状況はとても厳しい。そんな中で、彼は相当な無理を押してやって来てくれたのだ。

「馬鹿を言え。そんなのは、なんの問題もない！　お前が誘拐され、皇宮で指を銜《くわ》えて待っているなどできるか！　お前は俺がこの手で守る！」

私の勢い勇んだ問いかけをマクシミリアン様は一蹴し、抱きしめる腕に力を込めた。

この時、私は彼の逞しい胸に顔を埋め、その温もりを全身に感じながら、不思議な動悸と息切れに悩んでいた。

マクシミリアン様が助けに来てくれたのだから、普通なら安堵してホッとひと息ついてもいいところ。なのに胸の鼓動はますます速さを増し、息苦しさも強まるばかり。

……ああ。これ以上は、心臓が壊れる……っ！

謎の症状が進行し、いよいよ限界に近付いたその時――。

扉に向かって駆けてくる足音が聞こえた。

「マクシミリアン様、ご報告いたします」

私が振り返るのと同時に、扉から焦った様子のカロスさんが飛び込んでくる。

……え!? 皇宮で見る侍従長としての姿とは異なる、カロスさんの触れれば切れそうな研ぎ澄まされた雰囲気に驚く。彼は私を一瞥すると、その目に安堵を滲ませて細くした。

目が合ったのはほんの一瞬。カロスさんはすぐにマクシミリアン様に目線を移してしまったけれど、それはたしかに私がよく知る理知的で穏やかな彼の眼差しだった。

「なにがあった」

「主寝室にて皇太后陛下のお身柄を確保いたしました。しかし、離宮内を隈なく捜索しましたが、ハミル殿下のお姿が見当たりません。なお、皇太后陛下もハミル殿下の所在不明の事実をご存知なかったようで、たいそう取り乱しておられます。状況的に見て、ハミル殿下がご自身で離宮を出られたのは間違いないかと」

……ハミル殿下の行方が知れない?

耳にして、指先からスーッと血の気が引いていく。マクシミリアン様に負けず劣らず追い詰められているのはハミル殿下も同じだ。

私と共に眠らされた状況から考えれば、彼は実母の犯行の計画を知らなかったはず。目覚めた後に、彼は否が応でも知ることになっただろう。

彼は母が起こした一連の出来事になにを思い、ひとり離宮を後にしたのか……。

帝国劇場まで迎えに来てくれた時、いまだ幼さを色濃く残す頬に無邪気な笑みを浮かべ、モコモコの虎耳と尻尾を揺らしながら駆け寄ってきたハミル殿下の姿を思い出すと胸が痛んだ。

「付近一帯を隈なく捜せ！　どこに向かうにしてもハミルには足がない。漁港の貸し馬車屋や船舶の乗合所から漏れなく調べろ！」

「ハッ！」

マクシミリアン様の指示で、カロスさんが踵を返し駆けていく。廊下で待機していたのだろう、カロスさんに続いて複数人が走り出していったのが気配でわかった。

私がカロスさんたちが消えた扉を見つめて呆然と立ち尽くしていたら、背中にマクシミリアン様が歩み寄る。

「この後、俺もハミルの捜索に加わる」

「はい、とても心細くしていらっしゃると思います。お兄様に見つけてもらったら、きっと安心します」

「そうだな。……だが、俺はお前のことを離したくない」

「え？」

言葉の真意を測りかねて振り返り、見上げるのと、逞しい腕が伸びてきてグッと抱きしめられるのは同時だった。

「お前の不在中、身が千々に千切れるような心地がしていた。こうしてこの腕にお前を捕まえたからには、もう片時だって離したくない」

息が苦しくなるくらいの抱擁を受けながら、耳朶に唇が触れ合う近さでマクシミリアン様の低い囁きを聞く。告げられた言葉の温度に鼓動が一気に速くなり、頭が逆上《のぼ》せたようになった。

戸惑いつつ、こんなにも心配をかけてしまったことが忍びなく、やっと持ち上げた手のひらで広い背中をキュッと抱き返して心からの感謝を伝える。

「……すみません。随分と心配をかけてしまいました。だけどこうして、マクシミリアン様のおかげで救われました。本当にありがとうございます」

わずかにマクシミリアン様の腕が緩み安堵したのも束の間、顎に彼の手があてがわれてクイッと上を向かされる。

「ヴィヴィアン……」

光を集めたみたいな眩い金色の瞳に、私だけが映っていた。逸らさずに見つめていたら、マクシミリアン様の精悍な顔がグッと迫ってくる。私は驚いて咄嗟に瞼を閉じた。

＊＊＊

朱色に色づくヴィヴィアンの唇を、まさに掠めようかという瞬間――。直後、扉越しに扉の向こうにハミルの気配を感じ、弾かれたように視線を巡らせる。直後、扉越しにハミルのピンと張り詰めた呼び声が耳を打つ。

「兄様、ここにいらっしゃいますか」

「ハミル殿下⁉」

声をかけられて初めてハミルの存在に気付いたヴィヴィアンが驚きの声をあげた。

俺は大股で扉に向かい、手ずから引き開ける。

「ハミル無事だったか！」

ハミルは緊張感の篭もる目をして佇んでいた。彼のこれまでにない厳しく引きしまった表情を前にして、俺は内心の戸惑いが隠せなかった。

ヴィヴィアンも眉根を寄せ、心配そうにハミルを見つめていた。

今回の一件で俺と母の対立は決定的となった。俺は母と決着をつけること、それによって母が軽くない処分を受けることに寸分も躊躇はない。

しかしこの決着が、ハミルにも少なからぬ影響を及ぼすことは必至。それだけが唯一、俺の胸に重たく影を落としていた。

「体調の方は大事ないか？」

俺の第一声になぜかハミルはクシャリと顔を歪めた。

「この状況でも、兄様は一番に僕を思いやる言葉をかけてくれるんだね。……だけど兄様、僕はもう卒業するんだ」

「どういう意味だ？」

「言葉通りだよ。なにも知らないまま、兄様に気遣われて守られてばかりなのはもう嫌なんだ。僕は無知で無力な子供を卒業して、これからは自分で考えて行動するんだ」

「兄が弟を気遣い、守るのは当然だ。なにより、まだ十歳のお前が親兄弟の庇護下にあるのは当たり前のこと。気負う必要はない、時が来れば嫌でも大人にならなければならない」

ハミルは俺の言葉にジッと耳を傾けていた。その目には悲愴なまでの決意が滲んでいるように感じた。

「ならば兄様、僕には今がその時なんだ。僕はこれまで大好きなお母様に喜んでほしくって、小さな違和感に気付かない振りをして言われるがままになんでも従ってきた。だけど本音は甘えで、僕自身その方が楽で居心地がよかったんだ」

常になく静かな口調で、ハミルはゆっくりと語る。

「それが今回、これまで目を逸らしてきたお母様の本性をまざまざと突きつけられた。お母様は自分が犯した一連の犯行を耳触りのいい言葉で取り繕って、僕の頭上に宝冠が載る日も近いと微笑むんだ。そうしてふた言目には、愛する僕のためだと言うんだけど、そんなのっておかしいでしょう？」

俺は返す言葉に窮した。ハミルはそんな俺を真っ直ぐに見据え口を開く。

「兄様、僕は永久に帝位継承権を放棄し、あなたの臣下に下ります。既に正式な証書を帝国議会にあてて送ってきました」

「なんだと⁉　まさかお前はそれを信用のおける配送屋に託すために、漁港の町まで下りたというのか？」

「離宮の者には頼めなかったので、やむを得ずそうしました。兄様やヴィヴィアンには心配をかけてしまってごめんなさい」

ハミルはここで一旦言葉を途切れさせると、スッと床に片膝を突く。そうして目を瞠る俺のマントの裾を戴いて口付けた。

「マクシミリアン・ヴィットティール陛下、あなたに永久の忠誠と敬愛を誓います」

ヴィヴィアンが隣で息をのむ音が妙に大きく響いた。

その時、打ち破られてフレームを残すだけとなったくり貫き窓から一陣の風が吹き込む。

ハミルのやわらかな栗毛が風を孕んで揺れる。栗色の髪と一緒に、側頭部の虎耳も風を受けてわずかになびく。

……俺が欲しくてやまなかった獣人の証。それがないがために、母に疎まれ、帝位を追われようとしていた。

その俺に、すべてを手にしたハミルが膝を突く。

この瞬間、あらゆる思いが胸に木霊する。それらの思いを噛みしめるように、一度ゆっくりと目を瞑る。

「ハミルよ、これより其方はハミル・グリュンフェルト辺境伯の名を名乗れ」

再び瞼を開くとハミルを見つめ、しばしの間を置いて告げた。

グリュンフェルト辺境伯領では、先代の辺境伯が後継ぎのないまま死去。以降、後継者不在のまま辺境伯位は空白のままだった。

「僕が、グリュンフェルト辺境伯に……？」

彼の地の重要性を正しく把握しているのだろう。ハミルは目を見開いて俺を見上げた。

「グリュンフェルト辺境伯領は皇都からは遠いが、肥沃な土に恵まれた豊かな農耕地だ。我が国の穀倉庫と言っても過言ではない。さらに、隣国との国境の要となる重要な土地でもある。グリュンフェルト辺境伯として、健全な領地運営に励め」

「はい、兄さ……いいえ、陛下。謹んでお受けいたします。……此度の陛下のご温情に感謝いたします」

ハミルは「兄様」と言いかけたが、途中で「陛下」と言い直した。ハミルから、もう二度と「兄様」と呼ばれることがないと思うと、胸に一抹の寂しさがよぎった。

そして目に涙を浮かべ、深々と頭を下げるハミルは、きっと俺のもうひとつの思惑に気付いている。

グリュンフェルト辺境伯領は遠い時代から流刑地としての側面を持ち、今も幽閉塔がある。罪人を収容し、農耕の労働に従事させているのだ。

幽閉塔の上階には、貴人用の収監部屋も備えていた。皇太后の処遇に関し便宜を図るつもりなどさらさらないが、その身分や過去の判例に鑑みれば、下される処罰は生涯幽閉あたりが妥当だろう。

「さて。温情とはわからぬことだ」

実際問題、ハミルの皇統離脱の寂しさを別にすれば、母に対し思うところはなにもない。

俺はトンッとハミルの肩を叩き、腰を上げるように促す。ハミルは涙の膜の滲んだ目を一度ギュッと瞑ってから、しっかりと前を見据えて立ち上がった。

「……今日はなんていい天気でしょう」

ふいにハミルが目を細めポツリとこぼす。その言葉につられるように、俺とヴィヴィアンもハミルの視線の先を追う。

「気持ちがいい晴天だな」

「……本当、抜けるような青空ですね」

かつて窓だったそこからは、今は遮る物がなく悠々と空が広がっていた。

「はい。まるで天が、ヴィットティール帝国の新たな時代の訪れを祝福しているかのようです」

太陽が俺たちの、そしてヴィットティール帝国に住まうすべての民の頭上を照らす。

その立場が変わっても、俺とハミルが見つめる景色は同じ。

ヴィットティール帝国に悠久の安寧を——。

俺たちは晴天を見上げ、眩い陽光に願った。

その後は、すぐにハミルの捜索にあたらせていたカロスら部隊員を招集し、皇都への帰還に向けて慌ただしく動き出した。

「隊列が整い次第、至急皇都に向けて発つ。俺は指揮に戻るが、お前も帰都のための身支度を済ませておけ」

「はい、陛下」

「それからヴィヴィアン、ここに来る途中でマリエーヌに会った」

「姉様に⁉　まさか、姉様が鮮魚センターにいたなんて……！」

驚きに目を丸くするヴィヴィアンに、懐から彼女が姉にあてて認めた手紙を取り出した。

「俺が真っ直ぐにこの部屋に踏み込めたのは、これを携えた彼女と行き合ったからだ。大量の火薬武器を積み込んだ早馬を駆る彼女と合流できたのは、不幸中の幸いだった」

「なんてこと。あと一歩マクシミリアン様の到着が遅ければ、ここは灰になっていたんですね」

俺に言わせればマリエーヌとヴィヴィアンはよく似た姉妹で、ふたりともどこまでも規格外だ。

「俺たちの部隊がお前の救出を引き継ぐと、彼女は『ならば私はやることがある』と漁港の方向に馬首を返した。急場につき、それ以上詳細を問うことはできなかったが」

「そうだったんですね……」

「それから、この手紙を届けたという少女について彼女から伝言を預かっている。なんでも『すっかりうちのセンター長と意気投合して、今後はうちで秘書として働くことになったから安心していい』だそうだ」

「……まさか、そんなことに」

パチパチと目を瞬かせるヴィヴィアンがなんともかわいらしく、思わずフッと笑みがこぼれる。

「素晴らしい姉を持ったな。では、お前も帰り支度を急げよ」

名残惜しくも最後にポンッと頭をひと撫でし、帰宮の指示に移るためヴィヴィアンとハミルを残して踵を返した。

そうして俺が扉の外に踏み出しかけたところで、ハミルがヴィヴィアンの袖を引くのが横目に映った。

「ヴィヴィアン、今回の一件では色々と迷惑をかけてしまったね。改めてお詫びを言わせて……本当にごめんなさい」

　この囁きをきっかけに、ヴィヴィアンが感極まった様子で両手を広げ、ハミルに向かって飛び込んでいった。

「……ぅううっっ、ハミル殿下！　迷惑だなんてとんでもありません！　よかったです。こうして無事に帰ってきていただいて、本当によかった！」

「わわっ！　……ヴィヴィアン、心配をさせたね」

　俺の目線の先で、ヴィヴィアンが憚らずハミルを胸に抱きしめて涙を流す。

　俺は扉に手をかけたまま、食い入るようにふたりの様子を見つめていた。ヴィヴィアンから熱烈な抱擁を受けたハミルは、戸惑いつつも嬉しそうだ。

「いいんです！　こうしてハミル殿下が無事に戻ってきてくれたんですから、本当によかった！」

　ハミルはヴィヴィアンの背に腕を回し、甘えるようにその胸にスリッと頬をすり寄せる。ハミルの背中では、喜色を映してパッタンパッタンと尻尾が揺れる。

　ひしと抱き合うふたりを前にして、どす黒い靄《もや》のようなものが段々と胸に広がっていくのを感じた。眉間には無意識に皺が寄り、不満に尻尾がビリリと尖った。

「ふふっ」

するとハミルがチラッと俺を見やり、そっとヴィヴィアンの肩を押す。

「ハミル殿下？　どうされました？」

「ううん、とっても惜しいんだけどこれ以上は恨まれちゃいそうだから」

……なっ！　ハミルはちょっと食えない笑みを浮かべ、ヴィヴィアンに向かって意味深な台詞を囁く。

「え？」

ヴィヴィアンはわからないというように、キョトンと小首を傾げた。

「ふふふっ、こっちの話さ。ねぇそれよりもヴィヴィアン、陛下の尻尾を少しさすってさしあげたら？　なんだかトガトガしちゃってるもの」

「え……、あ！　マクシミリアン様、まだいらっしゃったんですか？」

ヴィヴィアンがハミルの指差す先を目線で追い、俺を認めて口にした第一声に心が折れそうになった。

「あらら。今のでますますトガトガになっちゃったね」

俺はハミルをひと睨みし、扉から手を離すとヴィヴィアンのもとに向かう。ヴィヴィアンはまずチラリと俺の尻尾を見て、次いで窺うように俺を見上げた。

ハミルはそんな俺たちの様子をにこにこと眺めていた。

し出した。

「ほら、構わんぞ。好きにしろ」

内心の高揚をひた隠しぞんざいに答え、ヴィヴィアンに向かってズイッと尻尾を差し出した。

「え！　では、ちょっとだけ失礼して……」

ヴィヴィアンは俺の尻尾の根もとのあたりに手を当てると、先っちょに沿ってスルスルーッと撫で上げる。

グッ‼　ヴィヴィアンの手で撫でられると、体中に鋭い電流が走り抜ける。

ハミルは、全身の痺れを呼吸と共に必死で逃がす俺の姿を見て、クスクスと肩を揺らしていた。

……まったく。ついこの間までほんの甘えん坊だったくせに、随分と逞しくなったものだ。

「うわぁ〜っ！　やっぱりマクシミリアン様の尻尾ってものすごくモコモコ！　本当に夢のような触り心地です‼」

ゥグッ‼　すっかり肝の据わったハミルを尻目に、再びヴィヴィアンに尻尾をシュルリと撫で上げられてブルリと体を震わせた。

ヴィヴィアンの選択

準備が整ったとの報告を受けて、私は離宮の正面玄関を飛び出した。

「お待たせしました……っ、えっ⁉ なんですかこの立派すぎる帰還の隊列は……！」

目にした瞬間、思わず叫んでいた。

すると、少し遠い目をしたマクシミリアン様が隣にやって来て口を開く。

「すべてマリエーヌがしたことだ。彼女曰く『視覚が人に与える影響というのは甚大でございます。逆を申せば、此度の皇都への帰還隊列は、陛下のご威光を存分に人々の目に焼き付ける絶好のチャンスなのです』だそうだ」

……なんとも姉様らしい台詞だ。

同時に姉様の理論にはものすごく賛同できた。かつて芸の世界に身を置いてきたからこそ、視覚がもたらす効果の大きさは私自身痛感していた。

「たしかに排斥が声高に叫ばれる皇都に帰るのですから、現皇帝としての威厳を見せ付けるために見た目の演出は重要ですね」

「ああ。そうしてマリエーヌは『私にすべてお任せください』との宣言通り、この短時間で俺用の衣服や一等品種の白馬、果ては隊員用の揃いのお仕着せからのぼり旗まで漏れなく揃えてしまった。本来、カロス率いる隠密部隊は表舞台には登場しないのだがな」

マクシミリアン様は、実用的なそれから華やかな軍服とマントへと装いを改めた隠密部隊の面々を振り返り、恐れ入ったとばかりに肩をそびやかした。

それを見るに、もしかするとさすがのマクシミリアン様でも姉様の勢いには勝てず、押し切られてしまったのかもしれない。

その時ふと、華美なのはもちろん、カロスさんたち隠密部隊員だけにしては行列が長すぎることに気付く。

「もしかして、隊列に姉様お抱えの護衛官らも交じっていますか？」

「目聡《めざと》いな。マリエーヌが自らの護衛官で帰還行列を嵩増ししている。……もっともカロスら隊員の三倍もの人数を投入しているのだから、嵩増しという表現が正しいのかはわからんが」

姉様は流通を担う商いをしており、高額品も含め多くの商品を目的地まで届けるため、腕が立つ護衛官を潤沢に抱えているのだ。

屈強で、かつ、訓練の行き届いた姉様の護衛官らは、なんら違和感なく隊列に馴染んでいた。

ちなみに衣装や馬、その他の装備についても、姉様が自社で取り扱っているからこそ融通できたのだろう。

「マリエーヌのおかげで皇都に帰還するのに十分すぎる威厳が確保できたのは間違いないがな」

「そこは間違いありませんね」

我が姉ながら、すごすぎる行動力だ。

ちなみにその姉様は、現在鮮魚センターで進めている新規事業の立ち上げに大忙しらしく、もろもろの手配だけ済ませると慌ただしく戻っていったそうだ。

……ほんのちょっとでも顔を見せてくれればよかったのに。まぁ、姉様らしいと言えばらしいけど。

妹の顔も見ずに行ってしまったいけずな姉様に、小さくため息をついた。

とにもかくにも姉様の手で帰還の隊列は煌《きら》びやかに変貌を遂げ、離宮を背に皇都へと出発した。

そうして隊列が中央道に出てすぐのところで。

「よっ。随分とキラキラしいで立ちじゃねえか」

まさか宿屋の庭先からガブリエル様がひょっこりと現れた。一同は、ガブリエル様の登場に目を丸くした。彼の後ろには、商隊に身をやつしたアンジュバーン王国の使節団の姿もある。

「えっ⁉ ガブリエル様っ！」
ヤ、ヤッバーっ‼ 目にした瞬間、私は青くなった。
なにせ有耶無耶のままガブリエル様の豪奢なマントをどっかにやっちゃって……って！ それ以前に女ってバレてる方が大問題……ん？

ここで内心大混乱の私に、ガブリエル様がニンマリとした笑みを向ける。

「そうそう、ヴィヴィアンよ。マントのことなら、お前にやったつもりでいるから気にするな。マントの中身については、……皇宮に戻ったらじっくり話し合おう」

ウッ‼ 特大の爆弾を投下された私は白目を剥いて、心を遠くに飛ばした。

「なにをわけのわからないことを言っている⁉ そんなことより、なぜここにいる？帰国したのではなかったのか⁉」

「あぁ、ずっとヴィットティール帝国内をふらついていたさ。観光しつつ、一連のお家騒動の行く末をとっくと眺めさせてもらったぜ。お互い、身分を隠しての放浪はお手の物だろう？」

「なんて奴だ……」

ガブリエル様はヒョイと肩をそびやかし、閉口するマクシミリアン様にちょっと悪い笑みで続ける。

私はなんとか心を引き寄せると、問題事を一旦脇に置き平静を取り繕った。

「実を言うと、アンジュバーン王国では、ヴィットティール帝国との国交正常化の意思はもうほとんど固まっていたんだ。で、唯一ネックになってたのが、お前のゴタゴタした身内だ。俺のところにも皇太后から折に触れて、返答に困る内容の親書が届いていたからな」

「……皇太后はアンジュバーン王国まで巻き込んで、そんな無節操な行動を取っていたのか」

聞かされたマクシミリアン様は、こめかみに手をあてて渋い表情を浮かべた。

「帰る振りをして状況を見てたわけだが、どうやら無事膿《うみ》も出しきってさっぱりしたみたいだからな。改めて国交正常化の調印にやって来たってわけだ。それからマクシミリアン」

ここでガブリエル様はチラリと私に流し目を寄越す。ビクンッと肩を跳ねさせる私に彼はフッと口角を緩め、再びマクシミリアン様に向き直ってその耳もとで何事か囁く。

「ヴィヴィアンを妃に望む想いは俺も同じだ。正々堂々、決着をつけようじゃねぇか」

耳にした瞬間、マクシミリアン様はカッと目を見開き、次いで触れれば切れそうな氷点下の眼差しをガブリエル様に向けた。出発前にモフらせてもらいトガトガが治ったはずの尻尾も、再びビリリと毛が逆立ってしまっていた。

……なに？

囁きの中に微かに私の名前が聞こえたような気もしたが、詳細まではよくわからなかった。ふたりの顔を交互に見ていたら、ガブリエル様が私を振り返りニンマリと口端を上げる。

ガブリエル様はすぐにマクシミリアン様に目線を移してしまったけれど、私は彼が浮かべた意味深な笑みが気になって仕方なかった。

「ま！　とにかく、皇宮に帰り着いたら晴れて調印式だな！」

ガブリエル様はマクシミリアン様の肩をバッシバッシと叩きながら高笑いする。

「おっと、今夜は次の町で夜営の予定だろう？　さっさと行かねえと、日が暮れちまうぜ」

「言われずともわかっている。……少し黙れ」

マクシミリアン様は凄みのきいた顔でガブリエル様をひと睨みすると、ビリビリと尖った尻尾を彼の横っ腹にドフッと捻じ込んで強制的に黙らせた。

「ァガッ‼」

……うわぁ。痛そう。

とにもかくにもガブリエル様一行が加わったことで、帰還の隊列はさらに長さと煌びやかさを増したのだった。


翌日。隊列はついに皇都に入った。

皇都の様相は、私が想像していたものとは百八十度も違っていた。

街道はマクシミリアン様の帝位継続を願って駆けつけた多くの国民で埋め尽くされ、彼を称える歓声と拍手が絶え間なく響き渡る。

マクシミリアン様の廃位を叫ぶ声は微かにだって聞こえてはこなかった。

「……お前の排斥を謳《うた》った集会なんか、影も形もねえじゃねーか。どころか、すさまじい歓迎ぶりだ」

こんなに目出度いことはないというのに、ガブリエル様はなぜか残念そうな口振りだ。

「……マクシミリアンよ、お前の母や地方創生大臣はよほど人望がないのか？」

さらに前方に臨む皇宮の尖塔にでかでかと掲げられた『おかえりなさい　マクシミリアン皇帝陛下』ののぼり、その後ろでペラリペラリとはためく『祝　皇太后廃位』『祝　地方創生大臣更迭』というふたつののぼりを見て、ガブリエル様は眉間の皺を深くしてポツリとこぼした。

「人望いかんについては俺の口からは言及を避ける。が、財務大臣のシルバからの報せによると緊急で帝国議会が開催され、かつてないスピードで処分決定となったそうだ。もっとも、あれだけ証拠が上がっていては言い逃れる隙もないからな。なるべくしてなった結果と言えるだろう」

「そういやお前は、昔からちまちまと人の揚げ足を取るようなねちっこい性格をしていたよな。真っ向勝負で粗だらけのふたりがいっそかわいく思えてくるな」

「ハッ！　入念、あるいは用心深いと言ってくれ」

道中で、マクシミリアン様が何度となく鷹を飛ばしているのを目撃していたが、まさかシルバさんとこんな重要な事案をやり取りしていようとは。

とにかく、帰還の行列は想像も及ばない熱い歓声と祝福を受けながら、ゆっくりと皇宮を目指して進んだ。

さらに晴れ晴れしい帰還に際し、もうひとつ衝撃的な事実があった。

なんとマクシミリアン様は、もう頭上にターバンをたなびかせてはいなかった。しかし国民から不満の叫びなどひとつとしてあがらない。

マクシミリアン様は凛と背筋を正し、艶やかな黒髪で燦々《さんさん》と注ぐ陽光を弾きながら華麗な手綱さばきで白馬を駆る。その姿は威風堂々として、虎耳の有無など関係なく皇帝の風格に溢れていた。

「マクシミリアン皇帝陛下万歳！」

マクシミリアン様がスッと手を挙げて応えれば、道端を埋め尽くす観衆はワッと沸き上がった。

「なんともご立派なお姿だねぇ。やはり我らが皇帝陛下は、マクシミリアン様以外にいやしないよ！」

……あれ、今の声って？　聞き覚えのある声を耳にして目線を巡らせると、国旗を振りながら声高に叫んでいるのは、なんとコロッケ屋のおばさんだった。

「虎耳の有無なんかまるで問題じゃない。あの威風溢れるお姿をごらんよ？　皇太后様は気をおかしくされているのさ。なにが『耳なし皇帝が国力低下を招く』だ、馬鹿言っちゃいけないよ！」

これは朝市を視察した時にも思ったことだが、国民は物事の本質を実によく理解している。

仮に皇太后様の主張通り血の薄まりで国が弱体化するのなら、国民が獣人顔を失った時にとうによその国に攻め込まれて滅びていただろう。

現在、ヴィットティール帝国が気候等の厳しい条件下でもきちんと機能しているのは、偏《ひとえ》にマクシミリアン様の手腕による。

「そうだ、虎耳と尻尾で腹は膨れやしないよ。それにマクシミリアン陛下は耳なんてなくても、始祖白虎の再来かと言われるほど高い身体能力をお持ちなんだ。こんな誉れはそうそうないよ。とにかくね、マクシミリアン陛下の治世になってやっと隣国との小競り合いが終わったってのに、馬鹿らしい主張を叫ぶ妙ちくりんな集会で町を踏み荒らされちゃ、たまりゃしないよ！」

「我らがマクシミリアン皇帝陛下の御代に、万歳‼」

「「万歳ー‼」」

道中では同様の声が方々からあがっていた。

これらの声は、果たして皇太后様の耳にも届いているのだろうか……。

ちなみに現在、皇太后様は行列の後方で窓を目張りした簡素な馬車に揺られている。これだけの凶行を企てた彼女だったが、ハミル殿下の意思を知らされるや、ひどく打ちひしがれ抜け殻のようになってしまっていた。

私はマクシミリアン様の苦悩を間近に見て知っており、彼の心の内を思うと胸が狂おしく締め付けられる。しかし、そんな私の思いとは対照的に、当のマクシミリアン様はどこか吹っ切れたような、晴れ晴れとした表情をしている。もしかすると彼の中で、何某かの心境の変化があったのかもしれない。

そして、それにはハミル殿下が大きく影響しているのだろうと、マクシミリアン様の斜め後ろで馬を駆るハミル殿下を眺めながら思った。

そのハミル殿下が乗る馬は他の隊員らと同じ葦毛《あしげ》の個体だ。同様に、彼が身に纏うのも他隊員と揃いのお仕着せだった。

……あぁ、そうか。彼が臣下に下った今となっては、ハミル殿下という呼び名も正しくないんだ。

少しの寂寥感と共に、ふとこんなことを思った。

マクシミリアン様は、到着した皇宮前広場で居並ぶ国民に向き合っていた。国民はマクシミリアン様の登場に沸き、惜しみない拍手喝采で出迎えた。

広場前方の一段高い壇上に国民からの視線を一身に集めて立つマクシミリアン様は並々ならぬ貫禄に満ち、虎耳などなくとも皇帝以外の何者でもなかった。

「まず、私の帝位継続を支持し、今ここに集うすべての国民に心からの感謝を伝えたい。見ての通り、私はヴィットティール帝国の皇統六千年の歴史において、初めて虎耳を持たない。古来の言い伝えを知る者の中には、国力低下を懸念する者もあるかもしれん。しかし、虎耳の欠落は、決して皇帝としての力量不足とイコールではない」

マクシミリアン様からの謝意に、国民は盛大な拍手で応える。

「私はヴィットティール帝国の繁栄と平和の実現に心血を注ごう。そして、そのためにあらゆる改革を厭わない。既に周知のことと思うが、此度の内紛において、私の排斥を望んで声をあげた高官の幾人かに重大な不正が発覚した。皇太后の他、地方創生大臣を筆頭に主要な三名の大臣も政権を去ることとなったが、新大臣は広く国民から募り公正な審査を経て選出する予定でいる」

マクシミリアン様の言葉に、騒めきが広がる。

「これは私の新政権が目指す、門戸の開かれた風通しのよい政治を実現するための第一歩だ。近隣諸国との融和、国内の農工業従事者への支援強化、地方の雇用促進と教育機会の拡充、この三つは私が掲げる政権の柱だ。これに賛同し、健全な国家運営を志す者ならば身分は問わん」

ここまで、どことなくお祭り騒ぎを楽しむかのようだった国民の目が一瞬で真剣みを帯びるのを肌で感じる。

「また新政権では、長期的な政策とは別に国民が直面する問題にも都度きめ細かに対応していく。賄賂の横行により混乱する地方領については、既に担当官を派遣し関わった者の割り出しと早急な是正に努めている。その他、現在我が国を悩ませている悪天候による不作には、皇宮の穀倉庫の開放と併せ、近隣諸国に緊急輸入を打診して交渉中だ」

マクシミリアン様が国民に示す、地に足のついた実直で迅速な対応。沸騰したように、集まった国民が一瞬で沸き立った。

マクシミリアン様とその治世を称える声はやむ気配なく、広場に反響する。

するとここで、ガブリエル様がスッと壇上へと進み出てマクシミリアン様の隣に並ぶ。国民は一拍の間を置いてその正体に気付き、どよめいた。

ふたりは目配せをし、その視線で何事か語り合う。

「こちらはアンジュバーン王国国王ガブリエル陛下だ。国立研究所での襲撃事件によって陛下は帰国し、交渉も決裂したと思っていた者も多いだろう。しかし陛下は国立研究所での襲撃事件の後も帰国せず、我が国に滞在を続けてくださっていた。負傷した外交官に対する賠償、皇太后らへの処罰にも理解を示していただいている。そのガブリエル陛下のご英断により、我が国民にこの場で重大な報告がある」

マクシミリアン様はここで一度言葉を途切れさせ、再びゆっくりと口を開いた。

「ヴィットティール帝国皇帝マクシミリアンは、ここにアンジュバーン王国との国交正常化を宣言する」

その瞬間、比喩でなく広場が揺れた。

「私はアンジュバーン王国国王ガブリエル。両国の国交正常化は先にマクシミリアン皇帝陛下が伝えた通りだ。これにより友好国となったヴィットティール帝国に、私から麦六十万トンの支援を約束する。今後はアンジュバーン王国、ヴィットティール帝国、両国の友好と発展に共に協力し合い、手を携えてゆこう」

ガブリエル様は国交正常化の宣言のみならず、我が国を『友好国』と表す。さらに『麦六十万トンの支援』という破格の提案をサラリとしてみせるものだから、一同は開いた口が塞がらない。それはマクシミリアン様も例外ではないようで、驚きの滲む目で隣のガブリエル様を見つめていた。

「ねぇヴィヴィアン、マクシミリアン陛下を皇帝に戴けたヴィットティール帝国民はなんて幸せなんだろう」

私の脇に立って壇上のふたりを見つめていたハミル殿下が、ポツリとこぼす。その声は心なしか寂しげだ。

そして彼のモコモコの虎耳も、今はその心を映すようにペタリと前に垂れていた。

「……ハミル殿下」

ちなみに、ハミル殿下が認めた帝位継承権放棄の証書は、マクシミリアン様の留守を預かっていたというシルバさんによって議会にかけられる前に保留の対応が取られている。だから、ハミル殿下の身分はいまだ皇弟のままだ。ゆえにマクシミリアン様も、ハミル殿下の処遇については、この場で一切言及をしていない。

とはいえ、帝位継承権放棄の訴えは他ならぬハミル殿下本人の強固な意志によって、遠からず受理されるだろう。

「ふふっ、やだなヴィヴィアン。僕はもう『殿下』じゃないよ。……ほんの小さい頃はお母様に囁かれるまま、いずれ『陛下』と呼ばれる日が来ることを夢見たこともあったけど、それも今は遠い昔の話さ」

ハミル殿下……いや、ハミル様の小さな声は周囲の騒めきにかき消され、私の耳にしか届いていない。

「僕は今、まざまざと思い知っているよ。……あの場所に立つのに、僕では力不足だ。あの場所は、マクシミリアン陛下にこそ相応しい」

帝位継承権の放棄にあたり、幼い胸にどれだけの不安や恐怖、葛藤があったのか。私には知るよしもないけれど、いまだあどけなさを残す十歳の少年が下すには、厳しすぎる決断だったことは想像に難くない。

「ハミル様、あなたが『陛下』と呼ばれる日は来ないけれど、『グリュンフェルト辺境伯』として末永く領民に慕われ、愛される一領の主君にはなれます。一領の長というのは民草と距離が近いぶん、政治判断には瞬発力が問われます。あなたの手腕の見せどころです。もっとも、ハミル様なら大丈夫ですね。きっとあなたは、領民に慕われる素晴らしい領主様になれます」

「……惜しいなぁ」

「え？」

これまでになく小さな声はよく聞き取れず、その顔を見返した。

「皇帝の座は諦めがつく。だけどやっぱり、あなたのことは惜しまれてならないよ。

ねぇヴィヴィアン、マクシミリアン陛下に愛想が尽きたらいつでもグリュンフェルト辺境伯領においでね。一番の側近として、重用するよ」

「では、もしもの時にはお願いします」

「うんっ」

冗談めかして答えると、ハミル様は白い歯を見せて笑った。

私は小さく断ってから、すっかりピンと持ち上がった虎耳をそっと撫でた。指先に触れた真っ白な毛並みは、ハミル様が下した尊い決断に負けないくらい尊い感触がした。

幾度かやわらかな毛並みを梳いてから手を引き、再び視線を広場に戻す。いまだふたりの陛下を称える声は止む気配がなかった。

しかし、マクシミリアン様が国民に向き直りスッと手を挙げると、騒めく広場はシンッと静まった。

「ヴィットティール帝国とアンジュバーン王国の国交正常化を祝し、そしてこの場に集うすべての国民に感謝し、今宵はこのまま皇宮前広場を開放する。皇宮から祝い酒と料理の提供も行う。今日ばかりは無礼講だ。ヴィットティール帝国の新たな門出となる記念の日を、存分に楽しんでくれ」

「「マクシミリアン皇帝陛下万歳――！」」

再び沸き上がった広場は、そのまま静まる気配がなかった。

国民はマクシミリアン様とガブリエル様、両陛下の話題を肴《さかな》に祝い酒をあおり、興奮と歓喜のまま朝日の訪れを迎えることになりそうだった。

その沸きに沸いたマクシミリアン様の演説からわずか一時間後。

私はマクシミリアン様の居室で、あくせくとベッドメイクに励んでいた。

無礼講の記念日だろうと、近習の仕事というのは年中無休。さらに不可抗力とは言え、私は無断で五日もマクシミリアン様のそばを離れてしまったのだ。

失った信頼を取り戻さなくっちゃ！と、作業する手にもいつも以上に力が入った。

気持ちよく眠りについていただけるよう思いを込めて、優に四、五人は寝転がれる特大サイズの寝台にパリッと糊が利いたシーツを広げ、皺が残らないようにしっかりと端を折り込んで整えていく。

「うん、これでよしっ！」

シーツを敷き終えてひと息ついていたら、背後からヌッと影がかかった。

驚いて振り返ると、大きな手のひらでグッと腰を抱き寄せられる。見上げた視線の先には、大臣らと緊急会談を行っているはずのマクシミリアン様がいた。

「マクシミリアン様！　おかえりなさいませ、随分とお早かったですね。すみません、まだ寝台を整えているところで、もうすぐ終わりますので」

腰に置かれたままの手が気になって、さりげなく距離を取ろうとする。しかし、マクシミリアン様は逆に手に力を込め、離れることを許してくれない。

……あ、あれ？

「政府としての方向性は既に決定しているからな、今さら俺が細かな指示を出すまでもない。ざっと意見のすり合わせをして終わった」

「そうでしたか。あの、申し訳ないのですが、これから上かけのシーツも付け替えますので離していただいても……？」

「嫌だ。俺がこうしていたい」

遠慮がちに切り出したら、マクシミリアン様に予想だにしない返答をされて驚きに言葉を失くす。さらにマクシミリアン様は明確な意図を持って、腰に添えた手でグッと私を抱き寄せる。

「あっ⁉」

体の内に不可解な熱が灯り、全身の体温がみるみる上がっていくのを感じた。

……いったい、マクシミリアン様はどうしてしまったの？

彼が醸し出す濃密な色香が、私をひどく困惑させる。怖いくらい真剣な目をしたマクシミリアン様が、腰を抱くのとは反対の腕を持ち上げた。

伸びてきた手に頬のあたりをサラリと掠められ、ビクリと肩が跳ねる。マクシミリアン様は息を詰めて固まる私に見せ付けるように首筋のあたりにスッと顔を寄せた。

直後、以前にも感じたチリッとした痛みが走り驚きに息をのむ。これ……！

ゆっくりと顔を上げたマクシミリアン様は艶然とした笑みを浮かべ、朱色の舌でチロリと唇を舐めた。その様子が匂い立つように色っぽく倒錯的で、頭がくらくらした。

「頬が瑞々しいリンゴのようだ」

マクシミリアン様はフッと笑み、私にトンッと体重をかけた。

「きゃぁっ⁉」

気付いた時、私は寝台に仰向けになっていた。

さらにギシリと寝台が軋んだと思ったら、マクシミリアン様が覆いかぶさるような恰好になって上から私を見下ろしていた。

……な、なに？

喉がカラカラに乾き、心臓が断末魔の悲鳴のようなけたたましさで鳴っている。

「かわいいヴィヴィアン、俺は嘘が嫌いだ。ゆえに己はもとより、臣下にも清廉さを求めている。とはいえ、たったひとつの嘘に目くじらを立て、理由も聞かずに処するほど非道ではない。釈明に耳を傾けるだけの寛容さは備えているつもりだ。それがかわいいお前の言葉ならば、なおさらだ」

……え？　告げられた言葉の意味が、すぐには理解できなかった。

こんがらがった頭で必死に考えを巡らせていたら、彼の手が伸びてきて下顎にあてられる。ビクリと体が跳ね、反射的に顔を逸らそうとするが、逸らすことなど許さないとでも言うように顎をクイッと持ち上げられて固定されてしまう。物理的にも心理的にも逃げ場を塞がれて、脳内は混乱を極めた。

そんな私の心の内を知ってか知らずか、マクシミリアン様はまるで獲物を嬲《なぶ》ろうとでもするみたいに余裕たっぷりに口を開いた。

「わからないか？　俺は、お前が近習のお仕着せの下にひた隠す秘密のことを言っている」

低く告げられた瞬間、目の前の景色が一瞬で色を失くす。

耳の奥でキーンとした反響音がして、気が遠くなりかける。

「なぜ、性別を偽り男の振りをしていた？　……もっとも、お前の生家の実情に鑑みれば、聞かずとも家督の継承絡みであろうと察しはつくがな」

「っ、申し訳ありません！　それから、この一件に実家は関係ありません。これはすべて私の一存で決めたことです」

マクシミリアン様の続く言葉で実家のことに思い至り、私は弾かれたように訴えた。私のあまりの取り乱しように、マクシミリアン様は虚を突かれた様子だった。私は構わずに平身低頭の勢いで続ける。

「私、なんでもします！　マクシミリアン様の仰せのまま、どんなことでもしますから。どうか、実家への処罰だけは許してください！」

必死に謝罪を繰り返す私には、それがいったいどんな感情に起因するものなのか知るよしもない。

マクシミリアン様の目が、私が『どんなことでもします』の一語を告げた時、怪しげにキラリと光る。

「……その言葉に二言はないな？」

「もちろんです！」

長い溜めの後でもたらされた重々しい問いかけに即答すれば、マクシミリアン様はゴクリと喉を鳴らし、喉仏を上下させた。

「ならばヴィヴィアン、即刻其方の近習の職を解く。そしてこの後は、俺のきさ――」

――バッターンッ‼

「そこまでだマクシミリアン！」

「えっ⁉　ガブリエル様！」

ガブリエル様の登場に、頭上でマクシミリアン様の舌打ちが聞こえた。

「俺は『正々堂々、決着をつけよう』と言ったはず。それを俺の居ぬ間にヴィヴィアンの弱みに付け込もうとは……。皇帝にあるまじき卑劣な行為、許しておけん！」

ガブリエル様は声を荒らげながら大股でやって来ると、マクシミリアン様の襟首を掴んで私から引き剥がす。

私はマクシミリアン様の手が緩んだ隙に、彼と寝台の間からいそいそと脱する。

ガブリエル様の登場でマクシミリアン様から立ち昇る熱の篭もった謎の空気は霧散し、私は内心でホッと安堵の息をつく。

「もうお前のもとにヴィヴィアンを置いてはおけん！　かくなる上は、俺にヴィヴィアンを譲れ！」

……え？　私を譲れってなに？

だけど続くガブリエル様の言葉を耳にして、再びドクンと鼓動が跳ねた。

「ハッ！　なにを血迷っている⁉　なぜ俺がヴィヴィアンをお前に譲らねばならんのだ！」

「我が国からの麦の支援に謝意を表し、礼として俺に寄越せ！」

ガブリエル様はまさか、返礼に私を所望した。

……私、返礼品にされちゃうの？

戸惑う私をよそに、ふたりはバチバチと火花を散らし一触即発の様相を呈していた。

「ほざけ！　麦の礼にヴィヴィアンを寄越せとは、それこそ一国の王にあるまじき発言だ！　恥を知れ！」

「なーにをー！」

取っ組み合いの喧嘩でも始めそうなふたりに言葉を失くし、呆然と立ち尽くす。

しかも信じ難いことに、喧嘩の原因はまさかの私だ。

「ちょ、ちょっとおふたりとも落ち着いてください……！」

とにもかくにも、このいきり立った空気をなんとかしようと声をあげた。

次の瞬間、ふたりはギンッと私を振り返り、揃って口を開いた。

「「ならばヴィヴィアン、お前が選べ‼」」

え⁉　ふたりは目を白黒させる私に向かってズイッと右手を差し出し、不条理な選択を迫る。

　無事にアンジュバーン王国との国交が樹立し、国民からの圧倒的な支持を得てマクシミリアン様の帝位も続投が決定。皇太后様の追放やハミル様の皇統離脱で皇家はゴタついているけれど、ヴィットティール帝国には平穏な日常が戻ってきたはずだった。

　ところがそんな安寧の周囲をよそに、私はふたつの手、もとい、選択肢を前に窮地に追い込まれていた。

「「さぁ！　どちらを取る⁉」」
　ヒ、ヒッ、ヒェエェエエ――ッッ！
　ふたつの手とタイプの異なるふたつの美貌がド迫力で迫り、猛烈な圧力をかけてくる。

「……あ、あの。絶対にどちらかを選ばなくてはダメですか？」

　私は白目を剥き、腰を引け引けにして、一縷《いちる》の望みをかけて問う。

「「ダメだ‼」」

　ふたりにギンッと一喝され、ブルリと震える。

　……う、ぅうぅっっ。そんなに凄まなくたって、いいじゃない。

　半泣きになりながら、しかしどちらかを選ばなければならないというのなら、私の中で答えは決まっていた。

私の決定をふたりに示すべく、おずおずと手を伸ばした。

＊＊＊

ヴィヴィアンが女と知った瞬間には、もう俺の妃は彼女だと決めていた。

ヴィヴィアンをすぐにでも俺のものにしなければとても気が休まらず、まともに政務も手につかなかった。かくなる上は、一刻も早く彼女を俺のものにしようと決心した。

始まりは多少強引でもいい。そこから真心を尽くして俺の愛を伝え、彼女の想いを育ててゆけばいいのだ。

ところが、そう思っていたところにまさかの伏兵が現れた。その伏兵が俺にとって手ごわい障壁となることは必至だった。

ガブリエルとは付き合いが長いからこそ、奴がヴィヴィアンに向ける想いが真剣なことはすぐにわかった。

そして今、俺とガブリエルはヴィヴィアンに手を差し出し、天からの裁可を待つような思いで彼女の決断を見つめていた。

長い、長い沈黙が続き、やがてヴィヴィアンの手がゆっくりと持ち上がる。

息をのみ、その手のゆく先を注視する。ドクンドクンと血が巡る音が、いやに大きく響いていた。

嫋《たお》やかな手はふわりと宙を舞い、俺に向かって真っ直ぐに伸びてくる。

あぁ、ヴィヴィアンが俺を選ぶ――！

この瞬間の歓喜は、言葉では言い表せぬほどに大きかった。まるで天使に祝福のシャワーを注がれているかのように、心と体がふわふわした。

ついに、ヴィヴィアンの手が俺の手を取……ん？

ところが、俺の手を取ると思われたヴィヴィアンの手はなぜか俺の手を素通りし、その横で緊張気味に揺れる尻尾を掴んだ。

ッ‼　尻尾を原発に、ビリビリとした痺れが全身に走り抜ける。

……っ、いかん！

なぜヴィヴィアンが突然尻尾に手をかけてきたのかはわからんが、こうもガッシリと握りしめられては……！

全身がカッカと熱を持ち、心臓を破りそうな勢いで鼓動が打ち付ける。油断すればヴィヴィアンへの愛を叫んで抱き潰してしまいそうになるのを、必死に速く細切れの呼吸を繰り返すことでなんとかこらえる。

「私に選択権をくださるのなら、私は断然モフモフの虎柄尻尾を選びます！　実は私、マクシミリアン様の尻尾をひと目見た瞬間、この尻尾をモフるためならどんな努力も厭わないと覚悟を決めたんです。誠心誠意お仕えして、いつかモフモフさせていただけるように頑張ろうって……これはもう、ひと目惚れ以外の何物でもありません！」

ヴィヴィアンの言葉が一瞬、宇宙人のそれでも聞いているかのように感じた。

……俺は、理解力がないのか？

しかし、俺の隣のガブリエルも鳩が豆鉄砲を食ったような阿呆面で呆然と立ち竦んでいるのを見るに、問題は俺たちではなくヴィヴィアンにありそうだ。

「だから、私が生涯仕えるのはこのモフモフ虎柄尻尾です！　……っ、くぅうう～っっ‼　やっぱりマクシミリアン様の尻尾って、気持ちい～っ‼」

ヴィヴィアンが俺の尻尾を両手でモッフモッフと撫で、握り込み、持ち上げて頬ずりする。容赦なく付け根から先端までシュルリーッと扱《しご》き上げられ、クラクラとめまいを覚えながら俺の決意は固まった。

ヴィヴィアンを俺のもとに留め置けるのなら、尻尾だろうがなんだろうが使える物はすべて使う！

「……ヴィヴィアンよ、俺の尻尾はお前の物だ。だから生涯、俺の隣にいろ！」

「え⁉　さっき『即刻其方の近習の職を解く』っておっしゃっていたかと思うのですが……。それって、私や実家にはお咎めなし。さらには私は永久雇用決定ってことでいいんでしょうか⁉」

「その通りだ」

俺の尻尾はお前の物、たとえ強烈なモフりに我が心が灰になろうとも本望だ！　すべて、捧《ささ》げてやる――！

「うわぁ、やったーっ‼　約束ですよ⁉」

「あぁ、約束しよう」

「ふざけるな――‼　こんなんで納得できるか、俺は諦めねぇぞ！　ってか、マクシミリアンよ！　お前にはプライドがないのか⁉　核心部分は今ひとつあやふやなまま尻尾を理由に選ばれた状況に満足なのかよ⁉　それじゃお前は尻尾のオマケだぞ！」

「フッ」

ガブリエルがかしましく騒いでいるが、所詮奴の叫びは選ばれなかった負け犬の遠吠えだ。若干、チクリと胸にくるものがあったが、鼻で嗤《わら》って気付かない振りをした。

「モフモフ虎柄尻尾、サイコーか……はぁ～っ、はぁ～っ」

「………」

俺の尻尾をスリスリしながらヴィヴィアンがこぼす少々変態じみた息づかいと呟きも、同様に気付かない振りをした。

俺が尻尾のオマケだと？　いいや、そんなのはこれからたっぷりと時間をかけ、尻尾こそがオマケだと、じっくりとっくりしっぽりヴィヴィアンに気付かせてやればいい！

「あ～～もう、モフモフ最高――‼」

誰がなんと言おうと、ヴィヴィアンが選んだのは俺。ならば俺は、どこまでもヴィヴィアンと共にゆく――！

END

特別書き下ろし番外編

冷徹陛下のなにかがおかしい

開け放たれたカーテンの隙間から心地よく朝日が差し込むマクシミリアン様の寝室に、身も凍るような追及の声が響いていた。

……なんだろう？　マクシミリアン様がなにか怒っているみた……あ！　仁王立ちになったマクシミリアン様の前で、私が頭を下げている！

寝室内にぐるりと視線を巡らせたら、奥の寝台横に私とマクシミリアン様、ふたりの姿を認めた。不思議なことに、私はふわふわと宙を漂いながら眼下にふたりのやり取りを見下ろしていた。

『何時だと思っている。よくもこんな時間にのこのことやって来られたものだな』

マクシミリアン様の声を受け、壁掛け時計に目線を向けると時刻は午前七時を示していた。

『申し訳ありません！』

完璧に身支度を整えているマクシミリアン様とは対照的に、直角に腰を折った私の後頭部にはちょろんと寝ぐせが立っている。しかも、お仕着せのシャツの襟もとのリボンも結び方が歪で、少しだけ曲がっていた。

もしかして、寝坊……？

これらに鑑みれば、私は寝坊をしてしまいそれを詫びているのかもしれないと思った。

『俺の近習に不心得者はいらん。お前はクビだ』

身を縮め平身低頭で謝罪する私に、マクシミリアン様がにべもなく言い放つ。

『絶対に同じ失敗はしません！　だからどうか解雇だけは……僕にチャンスをください！』

『以前も言ったが、お前の代わりはいくらでもいる。即刻ここを出ていけ』

私はなんとか挽回の機会をもらおうと食い下がるが、マクシミリアン様はこれ以上の会話は無用だとばかりにマントをバサリと翻し背中を向けてしまう。

『待ってくださ――』

『しつこい！　同じことを何度も言わせるな。荷物を纏めてさっさと出ていけ。俺が戻った時にまだいるようなら摘まみ出す』

追い縋る私にマクシミリアン様は氷点下の声音でピシャリと吐き捨て、取り付く島もなく寝室を出ていってしまう。

無情にもバタンと扉が閉まり、ひとり残された私はプルプルと肩を震わせていた。

ところがその直後、私はグッと拳を握るとガバッと宙を仰ぎ見た。

『……だって、マクシミリアン様が昨日から急にヘンな態度を取るから。そのせいで普段はお休み三秒なのになかなか寝付けなくて、それで寝坊なんてするハメになったんじゃない。……マクシミリアン様のバッカヤローーっっ‼』

◇◇◇

「マクシミリアン様のバッカヤローーっっ‼」

大音量で叫びながら、カッと目を見開いた。

同時にガバッと半身を起こし、ベッドサイドの置き時計に目線を向ける。

……え？　嘘でしょう⁉

「って、ヤッバーっ‼　遅刻だ――！」

目にした瞬間、私はドッタンバッタンと大慌てで身支度を整えてマクシミリアン様の居室にダッシュした。

廊下を駆ける私の脳裏には、先ほどまで見ていた夢がぐるぐると回っていた。

……ぅうぅっ。もしかしてさっきのあれって、正夢だったんじゃ……。

「マクシミリアン様！　起きておられますか⁉」

マクシミリアン様の居室に辿り着くと、逸る思いのまま扉をノックして声を張る。

「おはようヴィヴィアン、とうに起きている。お前はゆっくりだったな」

満面の笑みを浮かべたマクシミリアン様に室内から扉を引き開けられ、恐々と入室の許可を待っていた私は度肝を抜いた。

「……このような時間になってしまい、申し訳ございません！」

現在、時刻は夢と同じく午前七時だ。

ちょっと寝過ごしたなんてレベルじゃない大遅刻。相手がマクシミリアン様でなくとも、厳重注意……場合によっては減給や降格もあり得る大失態だ。

「なに、誰しもミスはある。そんなに謝らなくていい」

ところが直角に腰を折って謝罪を告げ、裁可を待つように身を縮める私の頭上にマクシミリアン様からかけられたのは、夢の中の台詞とは百八十度も違う優しすぎるものだった。

「……ですが、これだけの遅刻をしたのです。なにかしらの処分を受けなければ、他への示しが――」

「なに。今日の帝国劇場の視察は昼からで、スケジュールに余裕があったからな。俺がお前にゆっくり休んでもらいたくて、あえて起こさなかったのだから示しもなにもない。それよりも廊下は冷える。早く中に入れ」

「あっ！」

マクシミリアン様はトンッと一歩踏み出すと私の腰を抱き、余裕たっぷりに室内に招き入れる。

……わわっ！　ち、近いっ！

グッと私を抱き寄せる逞しい腕の感触に頬が火照り、体温が上がったように感じた。チラリと見上げれば、マクシミリアン様は夢と同様に隙なく身支度を整えており、その精悍な立ち姿に鼓動が速足で刻む。さらに、彼からムスクのような男らしい香りがふわりと漂って鼻腔を甘く擽る。

マクシミリアン様が五感のすべてを刺激して、彼に逆上せてしまいそうだった。

「ただ、お前は以前に『目覚めはいい』と言っていたから、体調が悪くて起きられないのではないかと少し心配していた。七時になっても来なければ様子を見にいこうと思っていたからちょうどよかった」

「そ、そんな！　私へのお気遣いまで……。本当にすみません！」

「ははは っ。俺がいいと言っている。さぁ、ここに掛けてくれ」

マクシミリアン様は恐縮しきりの私を蕩けそうに優しい目で見つめ、姿見の前の椅子に促した。

「ええっと……?」

勧められるまま思わず腰を下ろしてしまったけれど、私がひとり椅子に座り、マクシミリアン様が後ろに立ったこの状況は何事か。

「こーら、大人しく座っているんだ。寝ぐせが残っているから直してやる」

首を傾げる私に、マクシミリアン様は姿見越しに白い歯をこぼしてて微笑み、衝撃の発言をする。

「っ! そんな、いけません! 自分でやります!」

主に寝ぐせを直させるなんてとんでもない!

「だーめーだ」

あまりにも恐れ多い提案に慌てて席を立とうとする私の肩を、マクシミリアン様がトンッと叩いてとどめる。

「ですが……っ!」

真っ青になってさらに言い募ろうとするが、笑顔のマクシミリアン様は譲らない。

「では、寝坊の罰に俺がお前の髪を整えるとしよう。これなら文句はないな」

それどころか、さらに驚く特大の爆弾を投下した。

「……え？」

「おっと。髪が整ったら、襟もとのリボンも結び直さねばならんな。もちろん、そちらも罰だ」

嘘でしょう。そもそも、そんな罰があっていいの……？

「さぁ、まずは髪からだ。大人しく俺にすべて任せておけ。どれ」

あれよあれよという間に、櫛を持ったマクシミリアン様が嬉々として私の髪を梳かしだす。

わっ⁉　わっ、わぁぁあぁぁあ〜〜っっ‼

昨日から、絶対なにかがおかしいよー！

絶妙のタッチで梳られて、今日は私が体をビリビリと痺れさせながら心の中で叫んだ。

END

あとがき＆お礼小話

マクシミリアン様からの要望を受け、私は今日も尻尾のマッサージをさせてもらっていた。彼の尻尾はふわふわだが、私がマッサージするともっとふわふわになる。

だけど、そのマッサージの最中はと言うと……。

「あ、あの。力加減が強かったり触れる場所が悪かったりしていませんか？」

「問題ない」

初めてマッサージした時と同じく手の中で不自然なくらいビリビリと逆毛を立てる尻尾を見下ろしながら恐々と尋ねれば、マクシミリアン様はソファの肘掛けに半身を伏したまま低く返す。

「もし不快に感じたら遠慮なくおっしゃってくださいね」

明らかに逆立っているが本人に「問題ない」と言われてしまったらこれ以上しつこく食い下がることも憚られ、小首を傾げつつ根もとのあたりにそっと手をあてる。

毛足の長い艶やかな純白が高密度で生え揃った尻尾は握ればモフッと沈み込み、手のひらにこの世ならざるやわらかな感触を伝える。そのまま尻尾の先端へとシュルリと撫で上げれば、指の隙間をもふもふもふっと掠めながら滑らかにすり抜けていく。

わ、わっ、わぁあぁ～～っ！　もふもふで、ふわふわで……こんな夢のような触り心地がこの世にあっていいの⁉

すっかり魅了された私は、マクシミリアン様がなにかを堪えるようにグッと唇を噛みしめて体を硬くしているのに気づきもせず、夢中になって何度も尻尾を扱き上げた。

かつて『あの極上モコフワ尻尾がモフれるなら、私は悪魔にだって魂を投げ売りできる』と思っていた。だけどこの夢心地を知った今は、少し考えを改めた。私自身が悪魔となってでも、このモフモフをありとあらゆる外敵から死守してくれよう――！

心の中で決意を叫びながら根もとを掴み、勢いよくシュルシュル～ッと撫で上げた。

ビクンッと体を跳ねさせて尻尾をビビビッと痺れさせるマクシミリアン様と一緒になって、私も極上のモフモフ質感に痺れた。

わぁああ～っ！　モコモコの虎柄尻尾、超最高――‼

これにて大団円。皆さま、最後までお読みいただきありがとうございました。

友野《ともの》紅子《こうこ》

友野紅子先生への
ファンレターのあて先

〒104-0031
東京都中央区京橋1-3-1
八重洲口大栄ビル7F
スターツ出版株式会社　書籍編集部　気付
友野紅子先生

本書へのご意見をお聞かせください

お買い上げいただき、ありがとうございます。
今後の編集の参考にさせていただきますので、
アンケートにお答えいただければ幸いです。

下記URLまたはQRコードから
アンケートページへお入りください。
https://www.berrys-cafe.jp/static/etc/bb

獣人皇帝は男装令嬢を溺愛する
ただの従者のはずですが！

2021年3月10日　初版第1刷発行

著　者　友野紅子

発行人　菊地修一
デザイン　カバー　AFTERGLOW
フォーマット　hive & co.,ltd.
校　正　株式会社 鷗来堂
編集協力　鈴木希
編　集　井上舞
発行所　スターツ出版株式会社
〒104-0031
東京都中央区京橋1-3-1　八重洲口大栄ビル7F
TEL　出版マーケティンググループ　03-6202-0386
(ご注文等に関するお問い合わせ)
URL　https://starts-pub.jp/
印刷所　大日本印刷株式会社

Printed in Japan

乱丁・落丁などの不良品はお取替えいたします。
上記出版マーケティンググループまでお問い合わせください。
定価はカバーに記載されています。

ISBN 978-4-8137-1061-5　C0193

ベリーズ文庫 2021年3月発売

『一億円の契約妻は冷徹御曹司の愛を知る』　橘樹《たちばな》 杏《あんず》・著

ウブなOL・愛は亡き父の形見を取り戻そうと大手物産会社社長宅に侵入すると…。御曹司の雅臣に見つかり、「取り戻したいなら俺と結婚しろ」といきなり求婚され!?　突然のことに驚くも、翌日から「新妻修業」と題した同居が始まる。愛のない結婚だと思っていたのに、溺愛猛攻が始まって…!?

ISBN 978-4-8137-1055-4／定価：本体640円＋税

『冷徹ドクターに捨てられたはずが、赤ちゃんごと溺愛抱擁されています』　高田《たかだ》ちさき・著

シングルマザーの瑠衣は、3年前に医師の翔平との子を身ごもったが、渡米を控えていた彼の負担になりたくないと黙って別れを決めた。しかしある日、翔平が瑠衣と息子の前に突然現れる。「二度と離さない。三人で暮らそう」――その日から空白の時間を取り戻すかのような翔平の溺愛猛攻が始まって…!?

ISBN 978-4-8137-1056-1／定価：本体650円＋税

『契約夫婦の蜜夜事情～エリート社長はかりそめ妻を独占したくて堪らない～』　皐月《さつき》なおみ・著

恋愛経験ゼロの超真面目OL・晴香は、ある日突然、御曹司で社長の孝也から契約結婚を持ちかけられる。お互いの利益のためと割り切って結婚生活を始めると、クールで紳士な孝也がオスの色気と欲望全開で迫ってきて…。「本物の夫婦になろう」――一途に溺愛される日々に晴香は身も心も絡めとられていき…!?

ISBN 978-4-8137-1057-8／定価：本体650円＋税

『平成極上契約結婚【元号旦那様シリーズ平成編】』　若菜《わかな》モモ・著

恋愛経験ゼロの銀行員・明日香は父にお見合いを強いられ困っていた。そこで、以前ある事で助けられた不動産会社の御曹司・円城寺に恋人のフリを依頼。偶然にも円城寺と利害が一致し契約結婚することに!?　心を伴わない結婚生活だったはずが、次第に彼の愛を感じるようになり…。元号旦那様シリーズ第3弾!

ISBN 978-4-8137-1058-5／定価：本体650円＋税

『極上社長に初めてを奪われて、溺愛懐妊いたしました』　鈴《すず》ゆりこ・著

美人だが地味な秘書・桃子は、友人にセッティングされた男性との食事の場に仕事で行けなくなった。そこに上司である社長・大鷹が現れディナーに誘われて…!?　お酒の勢いでそのまま社長と一夜を共にしてしまった桃子。身分差を感じ、なかったことにしようとするが社長から注がれる溺愛で心が揺れ始め…。

ISBN 978-4-8137-1059-2／定価：本体660円＋税

ベリーズ文庫 2021年3月発売

『旦那様は懐妊初夜をご所望です～ワケあり夫婦なので子作りするとは聞いていません～』　真彩《まあや》-mahya-・著

箱入りで恋愛経験ゼロの萌奈。ある日、勤務先の御曹司・景虎が萌奈を訪ねてくるが、なんと彼は夫を名乗り…!?　知らない間に二人が結婚していたことを告げられ、思いがけず始まった新婚生活。そして普段はクールな景虎の過保護で甘い溺愛に翻弄される萌奈だが、景虎からは初夜のやり直しを所望され…。

ISBN 978-4-8137-1060-8／定価：本体650円＋税

『獣人皇帝は男装令嬢を溺愛する　ただの従者のはずですが！』　友野紅子《とものこうこ》・著

没落寸前の男爵家令嬢に転生したヴィヴィアンは、家名存続のため男装して冷徹と恐れられる白虎獣人の皇帝・マクシミリアンに仕える。意外にも過保護で甘く接近してくる彼に胸が高鳴るヴィヴィアンだったが、ある日正体がバレてしまい…!?　彼の沸き起こる獣としての求愛本能に歯止めが利かなくなって…。

ISBN 978-4-8137-1061-5／定価：本体660円＋税

ベリーズ文庫 2021年4月発売予定

Now Printing

『最愛未満～史上最悪のおめでた結婚【元号旦那様シリーズ令和編】』 水守《みずもり》恵《え》蓮《れん》・著

仕事一筋で恋愛はご無沙汰だった珠希はある日、まさかの妊娠が発覚する。相手はIT界の寵児といわれる俺様CEO・黒須。彼の開発したAIで相性抜群と診断され、一夜限りの関係を持ったのだ。「俺の子供を産んでくれ」と契約結婚を提案されるが、次第に黒須の独占欲と過剰な庇護欲が露わになって…!?

ISBN 978-4-8137-1070-7／予価600円＋税

Now Printing

『天才脳外科医は新妻を愛し尽くしたい』 佐倉《さくら》伊織《いおり》・著

看護婦の季帆は、ミスを被せられ病院をクビに。すると幼馴染で、エリート脳外科医の陽貴からまさかの求婚宣言をされてしまい…!?　身体を重ね、夫婦の契りを交わしたふたり。同じ病院で働くことになるが、旦那様であることは周囲に秘密。それなのに、ところ構わず独占欲を刻まれ季帆はタジタジで…。

ISBN 978-4-8137-1071-4／予価600円

Now Printing

『愛憎エンゲージメント』 吉澤《よしざわ》紗《さ》矢《や》・著

エリート御曹司・和泉にプロポーズされ、幸せな日々を過ごしていた元令嬢の奈月。ある日、和泉と従姉との縁談が進んでいると知り、別れを告げると彼は豹変！　奈月につらくあたるようになる。しかし、和泉が妻に指名してきたのは奈月で…!?　そんな矢先、奈月の妊娠が発覚して…。

ISBN 978-4-8137-1072-1／予価600円＋税

Now Printing

『クールな御曹司は二度目の初恋を逃さない』 宇《う》佐《さ》木《ぎ》・著

シングルマザーとして息子を育てる真希の前に、ある日総合商社の御曹司・拓馬が現れる。2年前、真希は拓馬の子を身ごもったが、彼に婚約者がいると知り一人で産み育てることを決意。拓馬の前から姿の消したのだった。「やっと見つけた。もう二度と離さない」。その日以来、拓馬の溺愛攻勢が始まって…!?

ISBN978-4-8137-1073-8／予価600円＋税

Now Printing

『極上エリートパイロットに契約結婚を申し込まれました』 未《み》華《はな》空《そら》央《お》・著

病院勤務の佑華は、偶然が重なって出会った若きエリートパイロット・桐生と契約結婚することに…!?〝恋愛に発展しなければ離婚〟という期限付きの夫婦生活が始まる。「お前が欲しい」――愛なき結婚だったはずなのに、熱を孕んだ目で迫ってくる桐生。思考を完全に奪われた佑華は、自分を制御できなくて…。

ISBN 978-4-8137-1074-5／予価600円

タイトル、価格等は変更になることがございますのでご了承ください。

ベリーズ文庫 2021年4月発売予定

Now Printing

『奪うよ、キミの心も身体も全部』 田崎《たさき》くるみ・著

恋人に騙されて傷心していた凛々子は、俺様で苦手だった許婚・零士に優しく慰められて身体を重ねてしまう。そのまま結婚生活が始まるが、長く避けていた零士からの溢れる愛に戸惑うばかり…。新婚旅行中、独占欲全開の零士に再び激しく抱かれ心が揺れる凛々子。止まらぬ溺愛猛攻によって陥落寸前で…!?

ISBN 978-4-8137-1075-2／予価600円

Now Printing

『気の毒なお姫様の幸せなお話』 もり・著

大国の姫だけど地味で虐げられてきたレイナ。ひっそり平穏に暮らすことが希望だったのに、大陸一強い『獣人国』の王子カインに嫁ぐことに！　獣人の王・竜人であるカインはクールで一見何を考えているか分からないけれど、実は誰よりも独占欲が強いようで…!?　虐げられ姫の愛されライフが、今、始まる！

ISBN 978-4-8137-1076-9／予価600円＋税

タイトル、価格等は変更になることがございますのでご了承ください。

電子書籍限定

恋にはいろんな色がある。

マカロン文庫 大人気発売中！

通勤中やお休み前のちょっとした時間に楽しめる電子書籍レーベル『マカロン文庫』より、毎月続々と新刊発売中！　大好きな人に溺愛されるようなハッピーな恋から、なにげない日常に幸せを感じるほのぼのした恋、届かない想いに胸が苦しくなる切ない恋まで、そのときの気分にピッタリな恋が見つかるはず。

[話題の人気作品]

「離さないからな」エリート弁護士が秘める、熱くて激しい独占愛！

『【極上の結婚シリーズ】一途な弁護士はウブな彼女に夜ごと激情を刻みたい』
佐倉伊織・著　定価：本体500円＋税

かりそめ婚約の関係だったのに、一途な御曹司から甘く迫られて…

『エリート副社長とのお見合い事情～御曹司はかりそめ婚約者を甘く奪う～』
pinori・著　定価：本体500円＋税

「絶対に逃がしはしない」エリート社長の極甘愛に溺れて…

『契約夫婦のはずが、極上の新婚初夜を教えられました』
日向野ジュン・著　定価：本体500円＋税

蜜夜を捧げたら、エリート御曹司の艶を孕んだ執愛が加速して…

『婚約破棄するはずが、一夜を共にしたら御曹司の求愛が始まりました』
一ノ瀬千景・著　定価：本体500円＋税

各電子書店で販売中

電子書店パピレス　honto　amazonkindle
BookLive!　Rakuten kobo　どこでも読書

詳しくは、ベリーズカフェをチェック！

小説サイト Berry's Cafe
http://www.berrys-cafe.jp

マカロン文庫編集部のTwitterをフォローしよう
@Macaron_edit 毎月の新刊情報をつぶやきます♪